Eine junge Frau zieht es in eine Stadt südlich der Alpen, sie will endlich existenzielle Erfahrungen machen. Sie mietet ein Zimmer, doch die Zeit in dem fremden Land vergeht, ohne dass etwas geschieht. Damit hatte sie nicht gerechnet. Einmal aber läuft ihr jemand über den Weg, ein seltsamer Typ, der Zigarillos raucht. Er bietet ihr an, bei ihm zu wohnen, in seiner riesigen Wohnung mit Klingelzug über der Badewanne und einem Klavier, auf dem schon Liszt gespielt hat. Sie zieht ein, sie belauern sich, und eines Abends steigen sie aufs Motorrad: Sie jagen durch die Nacht, berauscht vom Glück, am Leben zu sein wie nie zuvor.

In Monika Neuns traurig-schönem Roman passieren die Dinge unvermutet; die Liebe, die Städte, die Wüste werden entdeckt. Genau wie das Theater, wo die junge Regisseurin antritt, »Drachen zu töten«. Irgendwann kommt der Verlust hinzu, wenn man einen Namen sagt, wo niemand mehr ist, oder die hohle Zypresse aus dem Garten der Kindheit verschwindet. Unvergessliche Bilder und wiederkehrende Erinnerungen verflechten sich zu einem sprachlich dichten Lebensbuch, einem Schatz.

Monika Neun

Und dann verschwinden

Roman

Atlantis

www.atlantisverlag.ch
Lektorat: Daniela Koch
Covergestaltung: Lara Flues
Coverabbildung: © Monika Neun
Satz: Herr K | Jan Kermes, Leipzig
Gesetzt aus der Stempel Garamond LT / 230120
Druck und Bindung: GGP Media GmbH, Pößneck
Auch als E-Book erhältlich
ISBN 978 3 7152 5024 3

Für Dügg und für Yves

»Il n'y a rien de vrai dans le réel, rien.«

Marguerite Duras

Wir liegen auf dem Sofa. Ich bin fünfzehn Jahre alt. Durch die offene Tür kann ich ins Nebenzimmer sehen, wo Samuel am Klavier vor dem Fenster sitzt und Schubert spielt. Seine nackten Füße bewegen die Pedale. Er trägt einen farbigen Morgenmantel aus Seide, die Motive sind Blumen, Drachen oder Schmetterlinge, ich erinnere mich nicht mehr genau. Ich sehe ihm zu und denke an seinen einen Schneidezahn, der mit Gold umrandet ist und der mich so anzieht. Während er spielt, fallen ihm immer wieder die Haare über die Augen. Er ist siebzehn, das ist weit weg, und außerdem bin ich die Freundin seines Bruders, mit dem ich auf dem Sofa liege.

*

Samuel wird bald fortgehen, um eine große Reise zu machen. Er wird nach Amerika fliegen, aber der, den wir kennen, kommt niemals zurück. Niemand weiß, was dort mit ihm geschehen ist, und keiner wird es je herausfinden.

Eines Tages bringt ihn die Polizei zurück. Doch er ist nicht mehr er. »Wahrscheinlich Drogen«, sagen sie. Und wie ein Lauffeuer: »Hast du schon gehört? Samuel ist auf einem Trip hängen geblieben und hat den Weg nicht mehr zurückgefunden.« Er hat alles vergessen, er hat sich unterwegs verloren, und jetzt hört er Stimmen. Türklinken können sprechen und auch Katzen, man muss sie nur verstehen. Warum ist das, was sie sagen, so böse?

*

Jahre später. Es ist Frühling. Kalter Wind spielt in den Narzissen. Das Licht im Garten ist hell, so hell, es tut in den Augen weh. Der Apfelbaum reckt seine schwarzen Äste in den Himmel, und Lichtflecken fallen auf die Veranda. Rechts die Zypresse, ein Pinselstrich, der das Bild zerteilt. Weit weg hört man den Wind, der über die Hügel hinter den Häusern fegt.

Ich stehe an der Verandatür und sehe nach draußen. In der Hand eine Schale Tee, Dampf, der aufsteigt und sich im Morgenlicht windet. Ich sollte etwas tun, aber ich tue nichts. Es ist Vormittag, vielleicht zehn, vielleicht elf Uhr. Ich sehe nach draußen in den Garten, das ist alles.

*

Wir wollten alle weg. In der Ferne wartete etwas auf uns, das unser Leben zum Leuchten bringen, die drohende Dunkelheit verscheuchen würde.

Ich sehe in den Garten, ohne ihn zu sehen, im Kopf einen Film, der mir nicht mehr gehört. Ich spiele nicht mehr darin mit. Es ist eine Schauspielerin, die mich spielt. Sie ist plötzlich wieder in jenem Zug. Vom vielen Erinnern ist er ganz blass geworden. Die Polster im Schlafwagenabteil aus hellgrünem Cord, darauf ein Haufen Laken der Reisenden der letzten Nacht. Die junge Frau sitzt am Fenster und trinkt aus einem dampfenden Pappbecher. Der Kaffee vertreibt den metallenen Geruch der Nacht, der an ihr hängen geblieben ist. Niemand ist mehr im Abteil, alle anderen sind vor ihr ausgestiegen. Das Rattern der Räder, das den Schlaf aufwühlt, ist noch in ihrem Kopf, das Geräusch des Auf- und Zuschlagens der Tür, wenn jemand aufgestanden und gegangen ist. Sie ist müde. Es ist nicht das erste Mal, dass sie diese Reise macht.

Den Pappbecher in der Hand, schaut sie kurz auf ihren Schuh, ein roter Turnschuh, an einer Stelle ist die Gummisohle geschmolzen, sie hat eine kleine Delle.

Die Abteiltür wird aufgerissen. »In fünf Minuten kommen wir an.« Der Kondukteur bleibt stehen. Er ist unrasiert, seine Haare sind lustig zerzaust, die Uniform zerknittert. Er lächelt. »Danke«, sagt die junge Frau und schaut weg. Sie will diese Minuten für sich allein, hinter dem Fenster die Häuser mit den vielen Antennen auf den Dächern sehen, die staubigen Gärten vor dem Bahnwärterhäuschen, ein Mann im Unterhemd, der an einem Fenster raucht, eine Frau, die auf einem Balkon Wäsche aufhängt, das abweisende Weiß der Gebäude des Sackbahnhofs, das Gleiten des Zuges dahinein. Etwas hört dort auf, und etwas anderes beginnt, jedes Mal, als könne sie verschiedene Leben haben.

Wärme strömt zur Tür herein. Zwischen den Geleisen wachsen Blumen, Spatzen tschilpen. Menschen drängeln im Gang, Koffer werden heruntergehoben und herumgezerrt. Sie schlängelt sich hindurch und springt mit ihrem Seesack aufs Perron, ist schnell weg.

*

Er wartet in der Halle an eine Säule gelehnt, einen Fuß auf dem anderen. Wie immer barfuß in den Schuhen. Er lächelt nicht, raucht einen Zigarillo. Er freut sich nicht, oder er will cool sein. Oder beides. Sie steht vor ihm. Seine Augen, die krumme Nase. Er ist nicht schön, nein, aber sie findet ihn trotzdem umwerfend. Er lässt den Zigarillo fallen, drückt ihn mit dem Schuh aus. Er umarmt sie. Dann nimmt er ihren Seesack, wirft ihn sich über die Schulter. Sie verlassen den Bahnhof, treten hinaus in die Sonne. Ich kann sie durch die flimmernde Hitze über den Parkplatz gehen sehen, bis sie zwischen den Autos verschwunden sind.

*

So war es nicht, es war nicht der Anfang. Es gibt in meinem Kopf zwar ein Bild von der Einfahrt des Zuges in den Bahnhof, aber dieses Bild kann auch von später sein.

Das Erste, woran ich mich mit Sicherheit erinnere, ist ein menschenleeres Haus. Darin habe ich ein Zimmer gemietet. Ein Bett, ein Stuhl, ein Schrank. Es ist ein ehemaliges Dienstbotenzimmer. Das einzige Fenster öffnet auf einen Lichtschacht.

Das Haus ist groß. Lange Korridore, eine dämmrige Bibliothek, Bücher in Regalen vom Boden bis zur Decke, Ledersessel, gebohnerte Holzdielen, die knarren, wenn man darübergeht. Sonst ist alles still. Die Jalousien vor den Fenstern sind geschlossen. Eine angelehnte Tür, ich gebe ihr einen kleinen Stoß. Dahinter ein verlassenes Kinderzimmer.

Manchmal kommen die Besitzer. Ein Mann, eine Frau. Die Atmosphäre zwischen uns bleibt kühl. Wir essen bei flackerndem Neonlicht in der Küche, die im Gegensatz zum restlichen Haus ärmlich eingerichtet ist, sitzen an einem wackligen Tisch mit Wachstuch, geometrische Muster darauf. Eine alte Spüle aus gesprenkeltem Stein, in die wir am Ende das dreckige Geschirr räumen. Am nächsten Tag ist es verschwunden. Das Fenster der Küche geht auf den gleichen Schacht hinaus wie mein Zimmer.

Morgens putzt für ein paar Stunden ein dünner schwarzer Mann im Haus. Die meiste Zeit steht er auf einer Leiter in der Bibliothek und staubt die langen Reihen Bücher mit einem Wedel aus Vogelfedern ab. Wir werden einander nicht vorgestellt. Eines Tages entdecke ich ihn zufällig auf einer meiner Wanderungen durch die Räume. Wir erschrecken beide. Er oben auf der Leiter, ich unter der Tür zur Bibliothek. Wir sprechen kein einziges Mal zusammen. Ich lese viel, in dem schmalen Bett in meinem Zimmer oder in einem Park auf einer Bank. Ich kenne niemanden und lerne niemanden kennen. Einmal setzt sich im Park jemand neben mich. Als er weggeht, lässt er eine Zeitschrift liegen. Es ist ein Pornoheft.

Die Zeit vergeht. Eine Vorstellung davon, was hier passieren könnte, hatte ich nicht. Dass nichts geschieht, damit habe ich nicht gerechnet.

Im Haus, in dem ich wohne, gibt es einen Lift. Er ist sehr alt und ganz mit rotem Samt ausgeschlagen. Er hat keine Türen, stattdessen ein Holzgitter, das man schließen muss, damit er sich in Bewegung setzt. Ich kannte bis jetzt nur die metallenen Lifte in Mietshäusern. In diesem Lift gibt es einen Spiegel und eine Bank, die auch mit Samt bezogen ist und auf der man ausruhen kann. Ohne nach oben oder nach unten zu wollen, fahre ich viele Male die zwei Stockwerke hinauf und wieder hinunter. Es ist der einzige Ort, an dem ich mich gut fühle in dieser Stadt. Hier glaube ich, dass es gut war, fortzugehen.

*

Fremd im eigenen Leben werden, das war vielleicht meine Absicht.

Eine Frau, die eines Tages im Lift auf einer meiner

Fahrten nach oben und unten zusteigt, lädt mich zum Essen ein. Weil ich immer allein sei, sagt sie. Ich mag nicht aus Mitleid eingeladen werden und gehe trotzdem hin. Ich bin allein, so allein wie noch nie. Es ist nicht schlimm, nur neu.

Ich sitze eines Abends bei ihr am gedeckten Tisch, über dem ein Leuchter brennt. Sie hat ihren Sohn mit seinem Freund eingeladen. Im warmen Licht sehe ich die Hände seines Freundes schwarz verschmiert zwischen den Tellern und Schüsseln über das blütenweiße Tischtuch wandern. Ich sehe ihn dort zum ersten Mal. Wir essen. Wir reden zusammen. Manchmal lachen wir sogar.

Nach dem Essen gehen wir in eine Bar. Beim Dessert hat sie die beiden gefragt, ob sie mich nicht in die Stadt mitnehmen. Damit ich mal rauskomme. Ich schäme mich dafür.

Vor dem Fenster der Bar ein gepflasterter Platz, der das Licht der Laternen spiegelt, als habe es geregnet. Nur selten geht ein Mensch vorbei, biegt in eine der Gassen, die vom Platz abzweigen. Einmal ein Hund, der über den Platz trabt. Ich versuche, schnell auszutrinken. Ob ich noch etwas wolle? Nein. Ich glaube, sie sind fremd in diesem Teil der Stadt. Sie haben mich dorthin gebracht, wo sie auch nichts kennen.

Wer bringt mich nach Hause? Sie sprechen darüber, ohne mich anzusehen, als sei ich gar nicht da. Seine noch immer schwarz verschmierten Hände zünden sich einen Zigarillo an. Er sagt, er müsse sowieso in meine Richtung. Der andere ist erleichtert, reibt sich die Augen und verabschiedet sich. Ich schäme mich schon wieder, jetzt weil er mich fahren muss.

Die Rückbank im Auto ist heruntergeklappt. Überall liegen Dosen, Kartons, alte Lappen, Pappbecher, dazwischen ein Werkzeugkasten. Vielleicht ist er Mechaniker, denke ich. Er steckt den Autoschlüssel ins Zündschloss, dreht ihn aber nicht um und sagt stattdessen, wenn ich wolle, könne ich bei ihm wohnen. Er sieht mich nicht an, als er es sagt. Als ich nicht antworte, meint er, es sei viel näher. »Näher woran?«, frage ich. »An allem«, sagt er. Als ich nichts sage, startet er den Motor und fährt los.

Unter meinem Bein spüre ich etwas Hartes auf dem Sitz. Es ist eine Kassette. In krakeliger Schrift steht ein Name darauf.

»Magst du sie?«, fragt er.

»Ja, sehr.«

Er nimmt mir die Kassette aus der Hand und schiebt sie ins Gerät. Die Musik habe ich lange nicht gehört. Wir fahren durch leere Straßen, biegen manchmal ab. Selten ein anderes Auto. Dann gibt er Gas, überholt. Er fährt sicher und konzentriert. Wahrscheinlich fährt er gern.

Ein bisschen ist es wie in dem Lift, denke ich. Ich fühle mich plötzlich gut, in der Nacht und hier mit ihm, mit der Musik, die uns das Reden abnimmt. Lebendig.

Deshalb bin ich hierhergekommen. Um lebendig zu werden.

»Hier ist es«, sagt er, hier wohne er. Büsche und Bäume wachsen in einem Vorgarten. Dahinter eine Tür mit Glasscheibe, eine hell erleuchtete Eingangshalle und eine gewundene Treppe, die oben im Nichts verschwindet. Wenn ich wolle, könne er es mir zeigen, jetzt, sagt er. Kurz zögere ich, dann öffne ich die Autotür und steige aus.

*

Ich bin sicher, dass er mit mir schlafen will. Ich bin fast sicher, dass ich nicht will. Ich stehe hinter ihm im Treppenhaus und betrachte seinen Rücken. Wir sind im Lift nach oben gefahren, beide haben wir, ohne zu sprechen, die Wände angestarrt. Jetzt stehen wir vor einer Tür. Ich höre das Geräusch der Schlüssel in seinen Händen und das Aufschnappen mehrerer Schlösser. Es hallt im Treppenhaus. Unsere Haustür hat nur ein einziges Schloss, und oft schließen wir nicht einmal ab. Es kommt mir mühsam vor und ein bisschen erniedrigend für ihn, weil es so lange dauert. Als die Tür endlich offen ist, macht er Licht und tritt zur Seite. Im Spiegel an der gegenüberliegenden Wand sehe ich uns nebeneinander stehen. Wir sind ganz klein. Alles andere ist groß, das Entree, der goldumrandete Spiegel und der Tisch davor. Er ist aus schwarzem Marmor und hat Beine, die unten in einem goldenen Löwenkopf enden. Überall auf dem Boden und auf dem Tisch verstreut Motorradhelme, Bücher, Papiere, Schachteln, Werkzeug, Kleider. Es riecht seltsam, fremd, ungelüftet, nach Stoff, oder vielleicht ist es der Geruch von Mottenkugeln, der Geruch von Mottenkugeln dieses Landes.

Er geht an mir vorbei, bleibt stehen, dreht sich zu mir um. Ich mache ein paar Schritte ihm nach in die Wohnung. An der Wand links neben dem Eingang hängt ein Bild. Es ist fast schwarz, doch durch die Ölfarbe schimmern die Umrisse eines Tiers. Als ich näher trete, erkenne ich einen weißen Stier. Unter dem Bild ein Sessel mit Perlmutt-Intarsien und Schnitzereien.

»Sieht aus wie ein Thron«, sage ich. Das Bild zieht mich an, aber ich mag es nicht sagen. Lieber spreche ich über den Sessel.

»Er ist alt«, sagt er.

»Wohnst du hier? Ich meine, ist es deine Wohnung?«

»Ja.«

Wir mustern uns. Die Männer, die ich kenne und die so alt sind wie ich, wohnen in Einzimmerwohnungen oder WGs, sie schlafen auf Matratzen auf dem Boden und stapeln ihre Habe in Obstkisten. An den Wänden ihres Zimmers hängt nichts, oder wenn, dann ist es das Plakat einer Kunstausstellung. Er wirkt nicht älter als ich. Ich verstehe ihn nicht, verstehe diesen Ort nicht.

»Komm.« Er dreht sich um und verschwindet durch eine Tür. Ich folge ihm ins Wohnzimmer.

Ein verblichenes Sofa steht darin, die Lehnen sind abgeschabt. Davor liegt ein fadenscheiniger Teppich, der einmal schön gewesen sein muss. Rechts ein Kamin, in dem Zeug herumliegt und an dessen Seiten zwei mit Muschelkalk besetzte Amphoren stehen. In einer steckt ein Baseballschläger. Einige Bilder an der Wand hängen schief. Links ein langer Schrank mit alten Büchern. Lauter Ledereinbände. Dazwischen ein paar zerlesene Taschenbücher, die nicht recht dazu passen.

Vor den beiden Fenstern hängen grüne Samtvorhänge. Einer hat sich aus der Halterung gelöst. Durch einen Spalt fällt das Licht einer Straßenlaterne herein. In einer Ecke ein Klavier.

Als er meinen Blick bemerkt, öffnet er den Deckel, klimpert ein paar Takte. »Tatata«, singt er dazu. »Liszt hat darauf gespielt.«

Ich weiß nicht, was ich dazu sagen soll. Ich wiederhole in Gedanken den Satz. Er besitzt ein Klavier, auf dem Liszt gespielt hat, als könnte ich ihn so verstehen.

Der Wecker meiner Großmutter fällt mir ein. Er war aus rotem Bakelit, mit einem goldenen Zifferblatt. Er stand auf ihrem Nachttisch, als sie starb. Es gab Streit um diesen Wecker, weil ich ihn haben wollte. Aber das erzähle ich ihm nicht.

Wir verlassen das Wohnzimmer und treten in einen Korridor. An den Wänden Gewehre mit Beschlägen aus silbernen Blumen. Er geht mir voraus, manchmal öffnet er eine Tür, macht Licht in einem Zimmer, lässt mich hineinsehen. Noch mehr Bilder, Möbel. Ein grau verstaubter Leuchter brennt in einem Esszimmer, und einmal der grelle Schein einer Neonröhre über einem Kajütenbett.

»Hier ist es«, sagt er. Ich sehe durch die geöffnete Tür. Auf dem Boden liegt überall verstreut Papier. Vielleicht Briefe? Ich sehe ihn von der Seite an.

»Das kann man wegräumen«, sagt er.

An der Wand ein schmales Bett. Er knipst eine Lampe an. Als er sich dabei über das Bett beugt, sehe ich das Levis-Schild an seiner Jeans. Das Schild kommt mir falsch vor, als habe er sich verkleidet.

»Dein Badezimmer«, wie er es nennt, es hat einen grünen Teppich. Ich hatte noch nie ein eigenes Bad. Über der Badewanne baumelt eine Schnur.

»Was ist das?«, frage ich.

»Das ist die Glocke«, sagt er.

»Und wer kommt, wenn man läutet?«, frage ich ihn.

Er lächelt. Er zieht an der Schnur, und alles bleibt still. Der Spiegel über dem Waschbecken ist schwarz angelaufen, ich sehe mein Gesicht darin wie durch ein vergangenes Jahrhundert. Die Seife, die neben dem Spiegel in der Schale liegt, ist brüchig.

»Hier schlafe ich.« Er stellt sich neben sein Bett. Ins Kopfteil ist ein Wappen mit Schwertern geschnitzt. Vielleicht sind es auch Säbel. Das Bett ist nicht gemacht. Ich stehe unten am Fußende und halte mich an einer der hölzernen Artischocken fest, in denen die zwei Bettpfosten oben enden.

»Du wohnst hier allein? Ich meine, es ist wirklich deine Wohnung?«, frage ich noch einmal.

»Ja. Überleg es dir. Hier ist meine Telefonnummer.« Er kritzelt etwas auf einen Zettel und gibt ihn mir. Ich stecke ihn ein und bin sicher, dass ich ihn niemals anrufen werde.

»Es ist spät. Ich fahr dich jetzt nach Hause«, sagt er. Er will nicht mit mir schlafen, denke ich, er will mit mir wohnen.

*

Es ist Nacht, und es regnet. Gläserne Pinselstriche im Licht der Straßenbeleuchtung. Ich stehe allein auf einem Balkon und werde nass. Es riecht nach Stein, auf den Regen fällt. Es gurgelt in den Dachrinnen der Häuser ringsum, und von der Straße unten hört man das Rauschen der Autos, die durch die Pfützen fahren.

Dann liege ich wieder in dem stickigen Zimmer mit dem Fenster zum Lichtschacht und kann nicht schlafen. Ich habe nicht mehr an ihn gedacht, nein. Wahrscheinlich stimmt das sogar.

Und alle Tage geschieht immer noch nichts. Ich lese und sitze und esse. Manchmal sitzen der Mann, die

Frau und ich wieder am Tisch in der Küche und haben uns nichts zu sagen. Ich warte. Ich denke daran, nach Hause zurückzukehren. Aber vorher, vorher will ich noch was. Nur was? Im Grunde gibt es nur eine Möglichkeit. Alles andere bedeutet, dass nichts geschieht.

*

In einer Telefonkabine vor einem Blumengeschäft. Es ist heiß. Ich sage, ich hätte es mir überlegt. »Gut. In einer halben Stunde hole ich dich ab.« Er legt auf. Ich halte den Hörer in der Hand. Es ist ein schwerer, grauer Hörer, der durch eine metallene Schnur mit dem Apparat verbunden ist. Ich höre das Summen in der Leitung.

Ich packe in aller Eile, lege einen Zettel und einen Strauß, den ich im Blumengeschäft gekauft habe, auf den Tisch in der Küche. Ich fahre ein letztes Mal mit dem Lift, streiche mit der Hand über die samtene Sitzbank und sage zu ihr, dass wir uns nie wiedersehen werden. Ich wünsche ihr viel Glück.

Als ich herauskomme, steht er ans Auto gelehnt vor dem Haus und raucht. Er trägt einen zerschlissenen Anzug und einen Hut. Als er mich sieht, wirft er den Zigarillo zu Boden und tritt ihn aus.

Er öffnet mir die Autotür. Es ist nicht mehr das Auto aus der Nacht, als er mich heimgebracht hat. Es ist ein kleiner grüner Sportwagen. An der Seite, an der ich einsteige, ist eine große Beule. Ich werfe mein Gepäck auf den Rücksitz. Er steigt auch ein, lässt den Wagen anspringen. Er sucht etwas im Handschuhfach, dann legt er die Kassette ein. Er dreht am Knopf und sieht mich triumphierend an.

Als er Gas gibt, heult der Motor. Er wird sehr schnell fahren, ich weiß es.

*

Wir leben jetzt zusammen an diesem Ort, inmitten der alten Möbel und Dinge. Um uns ein Museum, dämmrig und staubig. Es wird nie wirklich hell darin. Im Halbdunkel der Küche essen wir, was er für uns gekocht hat. Er kocht gut.

Wo sind wir hier? Er klopft morgens an meine Zimmertür, aber das ist nicht seine wahre Erscheinung. Wenn er sich unter den Schwertern schlafen legt, geht über Nacht etwas von ihm verloren, er scheint am Morgen nicht mehr genau derselbe zu sein. Er klopft an meine Tür, er, der nicht mehr ganz er ist.

Er kämpft gegen die Räume, gegen das, was in der Nacht geschieht, jeden Tag. Er kämpft gegen die Dinge. Ich sehe es daran, wie er sie vergammeln lässt, sie entehrt, wie er versucht, ihnen etwas anzutun. Aber die Dinge nehmen sich über Nacht trotzdem von seinem Leben und geben ihm von ihrem Tod. Ich glaube, das gefällt mir an ihm. Ich mag an ihm diesen Kampf, den er jede Nacht ein klein wenig verliert.

*

Als er noch klein war, waren sie zu viert. Sein Vater, seine Mutter, sein Bruder und er. Zuerst ist der Vater fortgegangen. »Wohin?«, frage ich.

»Zu einer anderen«, sagt er. Dann sei sein Bruder weggegangen, in eine andere Stadt, um zu studieren. Als schließlich seine Mutter ging, hat sie ihm eine Frau besorgt, die nachts in dem Zimmer mit dem Kajütenbett geschlafen hat. Irgendwann hat er die Frau weggeschickt, und seither wohnt er allein. Ich weiß nicht, was ich sagen soll.

Ich habe von meiner Großmutter nicht den Wecker geerbt, den ich haben wollte, sondern eine Suppenkelle aus Aluminium, die jemand aus dem Wrackteil eines Flugzeugs gemacht hat, das im Krieg abgestürzt war. Ich weiß nicht, weshalb ich ihm das sagen will und wie ich ihn damit trösten könnte. Er will wahrscheinlich gar keinen Trost. Er ist viel zu wütend, wütend auf alles, auch auf mich.

*

Wenn ich morgens aufstehe, ist er oft schon nicht mehr da. Dann mache ich eine Wanderung durch die Zimmer. Im Sonnenstrahl, der durch den Vorhang fällt, tanzt Staub. Zum Spaß lasse ich den Strahl auf meine Brust fallen. Getroffen sterbe ich, sinke zu Boden, hinein in die Staubflocken, die überall liegen, getroffen vom Lichtschwert, das mich hier gefunden und durchbohrt hat.

*

Luise Pfäuti. Auf ihrem Grab wuchern Berberitzen. Niemand hat sie angepflanzt. Ob es wirklich Berberitzen sind? Der Name klingt jedenfalls so, als könnten es welche sein. Das Holzkreuz ist zerbrochen, und Moos wächst darauf. Auf den anderen Gräbern blühen Blumen, es wird gejätet. Luise ist allein. Wir sind zu dritt und stehen um ihr Grab. »Vielleicht war sie eine blöde Kuh.« Einen Gänseblümchenkranz hängen wir trotzdem an ihr Kreuz.

Wir setzen uns auf einen Baum vor dem Friedhofstor und sehen den Eichhörnchen zu. Es ist Mai. Die Buchenblätter sind so zart wie Haut. In der Schule lernen wir lesen. Den Spruch über dem Friedhofstor verstehen wir aber nicht.

Wir klettern über den Zaun. Durch das Friedhofstor gehen wir nicht, weil wir es uns verboten haben. Wir sind nur Mädchen. Jungs mögen wir nicht. Sie sind blöd oder halb blöd, finden wir. Außer Andreas, der ist behindert. Mit ihm spielen wir Gummitwist.

Die anderen Jungs haben eine Bande und wollen uns fangen. Einer von ihnen hat einen Regenwurm gegessen. Mit Seilen rennen sie hinter uns her. Sie erwischen uns nie, ich verstehe nicht, weshalb nicht. Manchmal besuchen wir Luise und legen ihr Blumen aufs Grab. Ihr Kreuz haben wir mit Klebestreifen repariert.

Es wird Sommer, Herbst und wieder Winter. Im Winter bekommen wir die Masern. Dann kommt der Frühling, in dem wir den Mut haben, von den Kirschen auf der Obstwiese zu stehlen. Wir setzen uns mit der Beute auf unseren Baum vor dem Friedhof. Über dem Tor steht: »Was ihr seid, das waren wir. Was wir sind, das werdet ihr.« Wir essen die Kirschen und spucken die Kerne ans Tor. Luise haben wir vergessen.

*

Einmal pro Woche erscheinen sein Vater und seine Mutter zum Mittagessen. Ein paar Stunden vorher kommt eine Frau, die das Essen zubereitet. Wir sitzen unter dem grauen Leuchter am Tisch, über den ein Tischtuch ausgebreitet wird, und werden beim Essen bedient.

Sobald das Essen beendet ist, geht die Mutter als Erste wieder fort. Der Vater legt sich ins Bett mit den Schwertern und hält Mittagsschlaf. Wir hören ihn schnarchen. Die Frau in der Küche wäscht unterdessen das Geschirr ab. Wenn sie damit fertig ist, verschwindet sie, ist plötzlich einfach nicht mehr da. Eines Tages entdeckte ich die unscheinbare Tür neben dem Kühlschrank in der Küche. Wenn der Vater aufwacht, nimmt er zum Abschied im Korridor meinen Arm, fühlt mir den Puls. Er sagt, ich habe dies und das. Ich bin mir nicht sicher, ob es stimmt oder ob er lustig sein will. Er zeigt mir, wie er seinen Daumen nach hinten auf den Handrücken krümmen kann. Mir wird schlecht davon. Er lacht. Dann sind wir wieder allein.

*

Am Abend kommen seine Freunde. Sie liegen in Turnschuhen auf den Sofas herum, trinken und verschütten Bier, das sie in Dosen mitgebracht haben. Die Frauen, die dabei sind, kichern oder kreischen vor Lachen. Sie verschwinden zu zweit oder zu mehreren im Bad oder in einem der Zimmer, und manchmal weint eine, und man muss sie trösten.

»Du hast mich nicht angerufen.« Einer ist mir nachgegangen. Rittlings sitzt er auf einem Stuhl, während ich nach einem Glas in der Küche suche. »Warum nicht?« Er spielt mit einem Löffel, den er von der Ablage genommen hat.

»Warum sollte ich dich anrufen?«, frage ich.

»Warum nicht?«

Ich antworte nicht.

»Ist es seinetwegen?« Er steht auf. »Er ist nicht allein«, sagt er und geht. Im Flur dreht er sich noch einmal um. »Ruf mich an, wir könnten Spaß haben.«

Als ich ins Zimmer trete, sieht er mich an, dann den, der mir nachgegangen ist.

Es gibt nur eine, die ich mag. Sie kommt nicht oft. Sie studiert Physik und sitzt bis spätabends in der Bibliothek oder bei den Eltern zu Hause und lernt.

Vor ihr hat er Respekt. Ich sehe es daran, wie er ihr zuhört. Sie ist sanft. Sie trägt eine Schiebermütze. Sie kennt den Ort, wo die große Salatschüssel ist, und auch, wo der Ersatzschlüssel zum Keller hängt, wenn er ihn nicht mehr findet. Ich bringe ihr einen Satz in meiner Sprache bei: »Einen Kuss, bitte!« Sie sagt: »Eine Kuss, bitte.«

*

Er und ich sitzen im Dunkeln auf einer Mauer, mit dem Rücken zu einem Parkplatz. Unter uns ein sandiger Abhang und im Tal die blinkenden Lichter der Stadt. Ein paar verkrüppelte Pinien wachsen hier und da, die Erde ist mit Abfall übersät. Ein Hund sucht nach Essbarem, wühlt in einem aufgerissenen Müllsack. Ein Auto rollt hinter uns langsam unter einen Baum, bleibt stehen, die Scheinwerfer verlöschen. Wahrscheinlich ein Liebespaar.

»Was willst du mal machen?«, frage ich.

»Nichts. Und du?«

»Keine Ahnung. Also, doch. Ich will Ritter werden.«

»Das ist kein Beruf. Für Frauen, meine ich. Und du verdienst nichts. Außer Ehre natürlich.«

»Bei uns gibt es Frauen, die Ritter sind. Und man verdient gut. Wenn man gut ist.«

»Und was machst du so als Ritter?«
»Drachen töten. Einen habe ich schon getötet.«
»Hast du Geld dafür bekommen?«
»Für den ersten bekommt man nichts oder nicht viel.«
»Du bist komisch.«
»Und wie willst du nichts machen?«
Es raschelt im Gebüsch. Wahrscheinlich sind es Ratten.
»In unserer Familie werden alle Arzt. Ich wollte Politik studieren. Und jetzt mache ich nichts.«
Wir können nicht gut reden.

Er steht auf. »Ich bringe dich zurück. Ich gehe noch weg.« Er steigt aufs Motorrad, ich sehe seinen nackten Fuß in dem Schuh und wie er aufs Pedal tritt, um den Motor zu starten. Ich setze den Helm auf. Es riecht nach Müll, nach Stadt und ganz wenig nach den Pinien. Es riecht gut, auch wenn es eigentlich stinkt.

*

Die Anlage ist voll aufgedreht, er sitzt auf dem Sofa, den Kopf auf der Rückenlehne, die Augen geschlossen, die Haare verschwitzt. Er ist noch nicht lange da, er hat die Jacke noch an, seine Schlüssel liegen hingeworfen auf dem Tischchen.

Nach einer Weile hebt er den Kopf, und wir sehen uns an. Die Musik ist viel zu laut, um sprechen zu können. Es ist unklar, ob wir in diesem Augenblick Freunde oder Feinde sind. Er hebt den Arm, greift nach hinten und stellt die Musik ab.

Dann geht er hinaus und kommt mit einer Flasche und Gläsern zurück.

»Willst du auch einen?«, er schenkt sich ein.

Ich nicke, und er füllt das zweite Glas.

»Es ist kompliziert«, sagt er.

»Was?«

»Sie ist krank, und vielleicht wird sie blind. Aber es ist nicht das.«

*

Er lehnt am Türrahmen, als ich mich umdrehe. Wie lange er schon dort steht, weiß ich nicht.

»Hallo.« Er tritt ins Zimmer, sieht sich unschlüssig um, dann setzt er sich aufs Bett.

»Was machst du?« Er versucht, an mir vorbei auf den Tisch zu sehen.

»Nichts.« Ich lege den Stift zurück und schiebe das Papier weg. »Und du? Warst du an der Uni?«

Er schneidet eine Grimasse. Sein Blick fällt auf den Rekorder.

»Darf ich?«, fragt er.

Ich nicke.

Eine Weile hört er zu, summt und klopft den Rhythmus mit. Dann steht er auf und kommt auf mich zu.

»Magst du tanzen?« Ich schüttle den Kopf, bleibe sitzen, und er tanzt eine Weile im Zimmer herum. Am

Ende des Lieds lächelt er mich an. Warum hat er keine Angst?

»Lass uns etwas machen. Ich will raus. Kommst du mit?«

»Wohin?«, frage ich.

»Zu den heißen Quellen.«

»Jetzt?«

»Wenn wir dort sind, ist es Nacht. Magst du?«

»Ja.«

»Wir nehmen das Motorrad, dann sind wir schneller. Du kannst Kleider von mir anziehen, es wird kalt.«

Vor dem Spiegel im Eingang machen wir Faxen, wir haben so viel übereinander angezogen, dass wir uns kaum bewegen können, und lachen. Da klingelt das Telefon. Er zögert, dann nimmt er ab. Er hört einen Moment lang zu.

»Nein«, sagt er und hängt auf. Die Hand lässt er auf dem Hörer liegen.

»Was ist?«, frage ich.

»Elena. *Das* ist.«

Ihren Namen habe ich noch nie gehört. Ich lege den Helm auf den Marmortisch.

»Sollen wir ein andermal gehen?«

»Nein.« Er nimmt den Helm und gibt ihn mir zurück.

Schweigend fahren wir im Lift nach unten in die Garage, wo das Motorrad steht. Eine schwarze Maschine mit einem einzelnen runden Scheinwerferauge, ein alter

Zyklop, der uns betrachtet, sanft und gleichgültig. Die Leichtigkeit zwischen uns ist verschwunden.

Er öffnet das Tor, schiebt die Maschine nach draußen und schwingt sich auf den Sitz. Mit einer Kopfbewegung deutet er an, dass ich hinter ihm aufsteigen soll, und starrt dann vor sich ins Leere. Es ist falsch, es fühlt sich alles falsch an. Ich zögere, aber er bemerkt es nicht. Er sitzt breitbeinig da, die Hände auf dem Lenker, wartet. Schließlich setze ich mich zu ihm. Er versucht, den Motor zu starten, tritt mehrmals wütend auf das Pedal, bis er endlich anspringt.

Ich denke, jetzt wird er Gas geben, er wird sicher voll aufdrehen. Aber langsam fahren wir los, tuckern aus dem Hof hinaus und auf die Straße, gleiten durch den Schatten der Bäume, an der Mauer vom Park vorbei, in deren bröckeligen Ritzen winzige Farne wachsen. Wir biegen ab auf eine der Hauptstraßen, überholen links und rechts die Autos, die um diese Zeit im Stau stehen. Die Häuser leuchten in der Sonne, die gerade untergeht. Am Straßenrand ein Lokal. Am Türrahmen lehnt ein Kellner mit einem Tablett. Neben ihm ein kleiner Hund an einer Leine, der einen Fleck beschnuppert. Drinnen zünden sie die Lampen an und decken die Tische. Wir werden nicht hier sein, wenn sich die Menschen bei Kerzenschein an diese Tische setzen, denke ich, und das gefällt mir.

Wir biegen auf ein Viadukt ab, ein Betonbogen über den Dächern trostloser Mietshäuser. Eine Plastikplane segelt wie in Zeitlupe zwischen den Autos über die Fahrbahn. Sie kommt auf uns zu, er weicht aus, gibt Gas, lässt den Motor aufheulen. Er duckt sich auf den Tank, er greift nach meiner Hand, hält sie fest, und wir verlassen die Stadt, verlassen alles.

*

Ich bin noch nie in meinem Leben so schnell gefahren. Ich bin sicher, wir müssen sterben. Ich habe keine Angst mehr davor, ich wünsche es sogar herbei. Das Letzte, was ich gesehen haben werde, sind die abgemähten Stoppelfelder neben der Straße, auf die der Mond scheint, der wie eine brennende Scherbe über uns am Himmel hängt. Die verlassenen Dörfer, durch die wir fahren, mit ihren geschlossenen Fensterläden. Und die Straße, diese Straße, die nie aufhört. Ich werde eine Skizze gewesen sein, ein paar hingeworfene Striche, und schon war es vorbei. Ich bleibe unvollendet, ich werde gewesen sein, was alles hätte sein können. Es kommt mir vor, als könne ich niemals mehr erreichen als in diesem Augenblick.

*

Wir ziehen uns aus. Durch das Gebüsch um uns herum scheint ein wenig Licht. Unter den nackten Füßen spüre ich Sand. »Eins, zwei, drei«, schreit er plötzlich, greift nach meiner Hand und zieht mich hinter sich her. Wir laufen, laufen immer schneller. Wir stolpern und müssen lachen. Er heult und rennt davon. Ich höre ihn ins Wasser klatschen.

Hinter einer Wolke kommt der Mond hervor, jetzt ist er ruhig und blass. Ich sehe den Abhang, über den das Wasser plätschert, eine Landschaft mit Wannen und Becken aus Kalk. Es riecht nach faulen Eiern. Wir sind nicht allein. Man kann Stimmen hören, aber im Dampf, der über allem schwebt, ist niemand zu sehen. Ich balanciere über glitschige Steine zum Becken, in dem er liegt. Er bewegt sich nicht, hat die Augen geschlossen. Vorsichtig lasse ich mich ins warme Wasser gleiten. Wir liegen nebeneinander und schauen zum Himmel, in den der Dampf hinaufsteigt. Der Mond formt aus den Schwaden Berge und Abgründe. Im nächsten Augenblick verschwindet alles in der Dunkelheit.

Er richtet sich auf, streicht zart über meine Hüfte. An seinem Hals sehe ich einen Faden hängen. Etwas rinnt dünn seinen Hals entlang und verliert sich in Wellenlinien im Wasser.

»Was hast du da?« Ich zeige auf seinen Hals.

Er greift danach und hält den Faden in der Hand.

»Ein Blutegel.«

Ich setze mich auf und starre ins Wasser.

Er zieht mich zu sich und küsst mich. Ich spüre seine nasse Haut, seinen Atem, die Bartstoppeln, und ich rieche den Schwefel. Für einen kurzen Moment sind seine Augen ganz nah. Wir fallen ins Wasser zurück.

*

Bin ich sieben oder hundert Jahre alt? Über mir eine Zimmerdecke. Wenn ich den Kopf wende, sehe ich einen Schrank in der Ecke. Auf der anderen Seite ist es hell, wahrscheinlich von einem Fenster. Es ist Morgen oder Abend, oder vielleicht regnet es mitten am Tag. Ich habe keine Ahnung, wo ich bin.

Ich liege in einem Bett, und jemand liegt bei mir. Dann sehe ich schemenhaft eine Gestalt unten am Bett stehen, die uns betrachtet, und reiße das Laken über den Kopf. Ich rieche den Schwefel in meinen Haaren, höre das Geräusch nackter Füße auf dem Boden und gleichzeitig wütende Rufe. Ich weiß nun wieder, wer ich zuletzt gewesen bin. Die leeren Straßen, als wir zurückgekommen sind, die Stille, als er im Hof das Motorrad ausgeschaltet hat. Die Vögel, die in der Morgendämmerung sangen. Wie wir uns aufs Bett gelegt haben und eingeschlafen sind.

Er umarmt mich durchs Laken.

»Wer war das?«, frage ich.

»Meine Mutter.« Ich strecke den Kopf hervor. Er gibt mir einen Kuss, verschwindet im Badezimmer, duscht lange. Ich suche etwas zum Anziehen. Meine Hosen sind nirgends zu finden, und meine Haare stehen vom Kopf ab. Ich versuche sie zu entwirren.

»Hast du einen Kamm?«, frage ich ihn, als er aus dem Bad zurückkommt. Es ist, als sähe ich ihn zum ersten Mal nackt.

»Nein.« Er lächelt und will mich küssen. Ich mag nicht, und er lässt mich los.

»Willst du einen Kaffee?«, fragt er.

»Ist sie da draußen?«

»Wenn, ist es egal.«

»Ist es nicht.«

»Sie soll nicht …«

»Was?«

»Hereinplatzen.«

Es ist nicht gut, wenn er jetzt weiterspricht, denke ich. Mit den Fingern versuche ich, meine Haare zu kämmen.

*

Wir stehen morgens nicht mehr auf. Wir leben in der Nacht, die uns wohlgesonnen ist. Der Tag, das sind nicht wir.

Wenn die Sonne untergeht, die Mauern rot von ihrer Glut, kommt unsere Zeit. Die Tür fällt jeden Abend hinter uns ins Schloss. Auf der Straße warten schon die anderen, mit laufenden Motoren. Wir steigen ein, wir fahren schnell. Wohin? Heute Nacht ans Meer! Wir wollen schwimmen. Wir machen ein Feuer am Strand und singen. Am Morgen sind wir fort, als wären wir niemals dort gewesen.

Sie denkt, es sind nur Bilder, in denen sie sind. Es gibt sie nicht. Das Glück fasst sie trotzdem an. Es gab andere, und es wird andere geben, später, ebensolche wie sie beide. Wirklich ist man nur im Unglück. Aber es macht nichts, vor Glück nicht gewesen zu sein.

Es ist Abend, und sie fahren, fahren, hinaus aus der Stadt. Ein Haus steht in einem kühlen Wald, und dort wachsen in einer Höhle das ganze Jahr über die Erdbeeren. »Wirklich wahr«, sagt er. Sie fahren jede Nacht und kommen niemals an.

*

Auf dem Motorrad mit dem Zyklopenauge über kurvige Straßen in die Berge. Wir kommen an einem stillen See und an einem Dorf vorbei. Am Ende des Dorfs ein Weg, der steil in den Wald führt. Der Weg hört auf, wir fahren zwischen Bäumen über Wurzeln, manchmal auf einem Trampelpfad. Da taucht es auf, das Haus.

Egal, wo wir hinkommen, die Familie hat dort fast immer ein Haus. Manchmal auch zwei. Sind es zwei, ist das eine größer und das andere kleiner. Wir beziehen immer das kleinere. In den Dörfern, auf dem Land sind es Häuser, am Meer, in den Städten sind es Wohnungen.

Er nimmt die Schlüssel aus seinen Jeans und schließt die Tür auf. Dunkle, muffige Korridore, klamme Bettdecken, Fenster, die geöffnet werden müssen. Eine vertrocknete Maus liegt hinter einem Schrank. Eine Dusche mit Rohrbruch. Er macht sich sofort ans Werk. Danach funktioniert, was kaputt war, halbwegs.

Häuser und Wohnungen, in denen niemand wirklich wohnt. Sie sind aus einer vergangenen Zeit, nicht gepflegt und jetzt im Zerfall begriffen. Fleckige Wände, provisorisch hingestellte Sofas mit kratzigen Überzügen, eine Fünfzigerjahre-Einbauküche aus Resopal, quietschende Betten, in denen man schlecht schläft.

Das Haus im Wald ist wie die anderen: auch nicht schön. Grau und düster, mit einem Flachdach. Ich weiß trotzdem sofort, es ist das eine. Bäume stehen bis ganz dicht an seine Mauern, vielleicht deshalb. Es ist ein Teil des Walds geworden, als werde es vom Wald umarmt.

Unten im Dorf kaufen wir die Erdbeeren, die es hier tatsächlich das ganze Jahr gibt.

Einmal machen wir in dem Haus im Wald ein Fest. Keiner hat Geburtstag, es ist auch keine Hochzeit, es ist ein Fest für nichts. Sie kommen aus der Stadt, sie kommen von weit her. Autos und Motorräder, das Verlöschen der Scheinwerfer zwischen den Stämmen der Bäume. Trockenes Laub, das von Schritten raschelt. Alles ist dunkel, nur der Lichtschein fällt aus den Fenstern des Hauses im Wald, und Musik, Stimmen und Lachen klingen aus seinem Innern.

Zuletzt, bald wird der Morgen dämmern, steht sie oben auf dem Dach zwischen den Baumkronen. Durch die Äste kann man hinunter auf den See sehen, Glitzern auf seinem Wasser. Paare tanzen eng umschlungen neben ihr. Sie bleiben manchmal träge in den Zweigen hängen. Die Musik hat aufgehört, doch sie bemerken es nicht. Von unten hört sie ein Grölen, es tönt, als käme es aus dem Innern der Erde. Heute Nacht trinken sie wieder um die Wette, und diesmal will er gewinnen.

Nach einer Weile spürt sie eine Hand auf ihrer Schulter. »Komm.« Seine Freunde setzen sie im Finstern an sein Bett. Sie beugt sich über sein Gesicht, da sagt er ihren Namen. Ganz kurz hat sie vergessen, wie er heißt.

»Ich bin da«, sagt sie, aber er hört sie nicht.

Nach einer Weile schläft sie neben ihm ein.

Sie wacht auf, weil sie Durst hat. Seine Locken auf dem Kissen, während er schläft. Sie steht auf, geht in die Küche, sieht durch das runde Fenster in den Wald. Ein Vogel flattert vorbei. Sie trinkt ein Glas Wasser, zeichnet mit dem Finger in die Brotkrümel, die neben dem Messer auf dem Tisch liegen.

Als sie zurückkommt, ist er wütend auf sie. Weil sie nicht da war, als er aufgewacht ist.

Sie sagt nichts. Sie hat letzte Nacht seinen Namen vergessen, und er weiß es nicht.

»Warum hast du ausgerechnet mich gewollt?« Aber das wird er erst viel später fragen.

*

Er hat wieder ein Auto gekauft. Wir fahren auf der Autobahn. Als er schaltet, ein splitterndes Geräusch. Er fährt weiter, eine Hand am Lenkrad, in der anderen hält er den abgebrochenen Knüppel der Gangschaltung. Kurz darauf stehen wir auf dem Pannenstreifen. Die Motorhaube ist geöffnet, er beugt sich über den

Motor und flucht. Ich lehne an der Leitplanke und sehe den Autos zu, die an uns vorbeifahren.

Er kauft noch ein Auto, mit dem man nicht fahren kann. Er versucht, es zu reparieren, er schraubt und ölt, legt sich unter den Wagen, klopft mit einem Schraubenzieher den Rost ab. Er stellt das Auto neben das Haus im Wald. Bald ist es ganz von grauem Staub überzogen, weit draußen auf dem Land. Wahrscheinlich steht es heute immer noch dort.

Er kauft auch ein Boot. Es hat ein Loch, das nicht zu finden ist. Das Boot füllt sich mit Wasser und geht unter.

Er sammelt. Überall in der Wohnung, im Keller, in der Garage, abgebrochene Ruder, fleckige Bücher, ein Stuhl mit drei Beinen, ein Kochherd, auf dem man nicht kochen kann, schimmlige Koffer ohne Griffe, Bilder, deren Farbe abblättert. Wenn man sie anfasst, sind die Hände voller farbiger Sprengsel. Er schenkt mir einen Füllfederhalter. Mit ihm schreiben kann man nicht.

Er ist anders als alle anderen, die ich kenne.

Er mag nur, was kaputtgegangen ist. Was nicht kaputt ist, interessiert ihn nicht.

*

Wäre sie geblieben, wenn er sie gefragt hätte? Wahrscheinlich nicht. Es gab etwas, das vor ihm da gewesen war. Eines Tages war es so weit, die Zeit war abgelaufen, und sie ging zurück in den Norden, über die Berge, durch all den Stein. Sie wollte Ritter werden, wie sie es ihm gesagt hatte. Sie zog die Rüstung an, übte mit den Waffen. Sie ritt und schlief im Zelt. Sie lebte wie ein Mann, und es gefiel ihr. Sie wollte Drachen jagen, wie sie es vorgehabt hatte. Sie sagte, sie könnte zu ihm zurückkommen, manchmal, später, aber das zählte nicht für ihn. Was zählte, war, dass sie jetzt wegging.

Der Seesack aus grobem Leinen. Die abgeriebenen Lederriemen, die brüchig geworden sind. Die Schnalle zum Schließen, alt und verbogen vom vielen Reisen. Von Menschen und Abschieden ist der Stoff fleckig geworden. Hineinpacken. Alles, alles. Es ist nicht viel. Nichts zurücklassen. Wenn etwas von mir bleibt, dann soll es eine Lücke sein.

Auf der Fahrt zum Bahnhof bin ich schon nicht mehr da, im Café vor den Perrons gibt es mich schon nicht mehr. Ich rauche einen Zigarillo, den ich aus seinen Sachen genommen habe, und starre auf die schwarze Tafel in der Halle. Das Klappern der Buchstaben und Zahlen, wenn wieder ein Zug abgefahren ist.

*

Etwas ist vor ihm da gewesen.

Samuels Bruder fragt mich eines Tages, ob ich bei etwas Wichtigem mitmachen will. Es fehle ihnen jemand, eine bestimmte Figur. Ich könnte diese Figur sein, wenn ich wollte. Es sei überhaupt nicht schwierig, sie bräuchten nur jemanden mit langen Haaren, und ich hätte lange Haare.

Ich weiß, das, was er vorhat, ist immer etwas Wichtiges, und werde misstrauisch.

»Ist es wieder etwas mit Tanz?«, frage ich.

Er will Tänzer werden, und seine Freunde, ich ebenfalls, wir machen mit bei seinen Aufführungen in Garagen, Kellern und auf Dachböden, aber ich will nicht mehr. Selten ist Samuel als Zuschauer dabei. Er sitzt ganz am Ende einer Stuhlreihe, streicht sich die Haare aus dem regungslosen Gesicht, und wenn es vorbei ist und das Licht wieder angeht, verschwindet er wortlos. Es ist noch die Zeit, bevor er auf seine große Reise geht.

»Nein, nein. Es ist was anderes, größer.« Mit den Händen zeichnet Samuels Bruder einen Kreis hoch über seinem Kopf in die Luft.

Wir einigen uns darauf, dass ich zusehen komme, ein Mal wenigstens.

Nach der Schule sitze ich in einer der Bänke der dunklen Kirche, in der das Stück stattfinden soll. Es ist niemand da außer mir. In dem hohen Gewölbe ist es kühl, durch die farbigen Glasfenster auf der rechten Seite fallen Sonnenstrahlen, und darin tanzt der Staub. Das ist, glaube ich, immer so in Kirchen, sie sind wahrscheinlich extra dafür gebaut, dass dieser eine Lichtstrahl aus dem Himmel ins Dunkle hinab auf die Erde fallen kann, genau auf die Stelle, wo ein Mensch allein in einer Bank sitzt, für eine Weile herausgenommen aus seinem Leben.

Weit hinten auf der Empore höre ich ab und zu leises Papierrascheln. Jemand macht sich an der Orgel zu schaffen, vielleicht werden die Noten sortiert. Das Stück ist mit Orgelmusik. Ich wäre froh, es würde endlich beginnen. Mein Magen knurrt, und ich friere in dem kalten Gemäuer.

Wird Samuel kommen und sich das hier ansehen?

Samuel. Er ist neun oder zehn Jahre alt und betrachtet versonnen den Holunderbaum im Garten. Es nieselt und riecht nach Herbst. Vor seinen Füßen hat er eine Kuhle in die feuchte Erde gedrückt. Darin liegt ein winziges Knäuel aus Beinen und einem Körper. Es ist eine Spinne. In der Hand hält er einen Zettel. Darauf hat er geschrieben: »Spinne. Gestorben am 9. September.« Er bückt sich, bedeckt das Tier mit Erde und beschwert den Zettel mit einem Stein. Er richtet sich auf und wartet einen Moment lang. Das war die Schweigeminute, sagt er später, als ihn sein Bruder danach fragt.

Ich schaue auf meine Schuhe. An einer Seite sind sie aufgeplatzt. Ich weiß nicht, weshalb; Schuhe an meinen Füßen haben eine kurze Lebensdauer. Schnell bekommen sie Flecken, die Spitzen sind abgeschabt, ich weiß nicht, wovon, die Schnürsenkel reißen. In die Bändel mache ich Knoten, weil ich keine Zeit oder keine Lust habe, neue zu kaufen, und schließlich platzt eine Seitennaht auf, so wie jetzt. Ich bringe die Schuhe zu Mister Minit, und auf dem Leder sind Leimreste, wenn ich sie wieder abhole.

Ein Luftzug weht zart herein, es riecht nach erkaltetem Weihrauch, wahrscheinlich von der letzten Messe und all den Messen davor. Leise Tritte von den Seiten sind zu hören, aber es ist niemand zu sehen. Über dem Altar ist die Bühne aufgebaut, eine riesige Scheibe aus Brettern, die fast das ganze Kirchenschiff ausfüllt. Bis auf das große Tor im Hintergrund, das sie abschließt, ist sie leer.

Dann ist es wieder vollkommen still. Ich kratze mit dem Fingernagel einen Wachsfleck von der Bank und weiß nicht mehr, was ich noch tun könnte. Ich schließe ermüdet die Augen.

Plötzlich ertönte ein Donnerschlag. Die Haupttüren der Kirche hinter mir wurden aufgerissen, und im plötzlichen Licht drängte sich laut schreiend eine Meute Menschen in Lumpen und mit Steinen in den Händen, die sie gegeneinanderschlugen, durch den Mittelgang Richtung Bühne und erstürmte sie. Die Orgel setzte pompös ein, wie ein heftiges Sommergewitter, und von den Seiten erschienen noch mehr Menschen. Diese waren nicht in Lumpen, sondern in lange, seltsame Gewänder gekleidet. Sie erklommen die Bühne von dort. In kürzester Zeit war die ganze Kirche mit Menschen überfüllt, ich wusste nicht, wohin schauen, mein Herz hatte sich dem Menschengewimmel und vor allem den Schlägen der Orgel sofort ergeben, es rannte überallhin mit und immer der Orgelmusik hinterher und ließ seinen Takt von ihr bestimmen. Ich konnte kaum atmen und löste mich in wenigen Sekunden auf. Ich existierte nicht mehr, war nur noch Augen, Ohren und Gänsehaut.

Ich weiß nicht mehr, wann in diesem Schauspiel der Drache tatsächlich auftrat, wann er seine überwältigende Kraft für alle sichtbar zur Schau stellte und wer ihn herausforderte, wer sich ihm stellte, ihn besiegen wollte, ihn am Ende besiegte. Ich war jedenfalls sofort vom Anblick gefangen, es war wie ankommen, endlich erkennen, wo ich zu Hause bin. Es geschah mit mir, es packte mich von außen, und ich war von einem Moment auf den anderen eine andere geworden, ohne es zu wissen, und wie etwas, das sich in diesem Augenblick aus einem Kokon befreite. Was ich auch nicht wusste: dass es von nun an keinen Ausweg mehr geben würde. Ich würde Drachenjägerin werden, aber im Grunde war es der Drache, der mich an diesem Tag für immer in seine Gewalt nahm. Fast mein ganzes Leben lang würde ich seiner Spur folgen, und für immer würde ich von ihm gefangen bleiben.

Meine langen Haare waren ihnen am nächsten Tag lang genug, und sie kleideten mich in ein Gewand, das ich allein nicht tragen und bewegen konnte. Ich stand für die Aufführung auf einer Art Gerüst mit Rollen, und die Stoffbahnen wallten an mir herab bis zum Boden. In einem bestimmten Moment wurde ich von Helfern, die unter meinem Gewand versteckt waren, durch das Tor in die Mitte der leeren Bühne geschoben. In den Händen trug ich einen Kelch, aus dem sich durch einen Mechanismus plötzlich eine Taube löste und jeden Abend ins Kirchengebälk davonflog. Ich war nur ein Bild und musste tatsächlich nichts machen, nur völlig bewegungslos dastehen, was gar nicht so einfach war. Mir half die Erinnerung an Samuels Gesichtsausdruck bei unseren Tanzaufführungen, und ich versuchte meinen ganzen Auftritt über so leer zu schauen wie er, während er uns zugesehen hatte.

Wenn der Abend vorbei war, hatten wir Mühe, die Taube wieder einzufangen. Anfangs flatterte sie vor Angst in der Kirche herum, kackte in die entlegensten Ecken, aber irgendwann gewöhnte sie sich daran und ließ sich mit Maiskörnern wieder in ihren Käfig locken, in den wir zu ihrer Beruhigung eine weitere Taube gesetzt hatten.

*

Ich jage meinen ersten Drachen. Ich habe keine richtigen Knappen, und Möchtegern-Ritter, wie ich selber einer bin, begleiten mich. Der Drache, den wir uns zutrauen, ist weit hinten in einem Tal in den Bergen versteckt. Kein anderer Ritter interessiert sich für ihn. Zu unwichtig, zu unspektakulär, sagen sie.

Wir haben keine eigenen Pferde, um dorthin zu reiten und ihn aufzuspüren. Wir fahren in einem alten vw-Bus mit röhrendem und ächzendem Motor die holprige Straße den Wald hinauf, und hinten im Auto scheppert meine Rüstung.

Als ich dem Drachen gegenüberstehe, denke ich zuerst, wie klein er ist, auch etwas abgemagert, und dann versengt er mich doch, speit Flammen. Ich brenne, brenne lichterloh, und am Ende lebe ich noch, und die paar Leute aus dem Dorf unten am Berg klatschen und pfeifen. Es ist das erste Mal, dass ich gesiegt habe.

*

Wenn ich nicht jage, reise ich. Ich reise, reise, weg, fort, fort von jedem Ort, ohne ihn. Ich reise, wenn ich nicht jage, und manchmal auch, weil ich Drachen jage, dort oder woanders. Die Drachen, so weit weg von den Menschen in ihren Wäldern und Höhlen.

Es gefällt mir, eine Fremde unter Fremden zu sein, eine Zeit lang, und zu verschwinden, ohne eine Spur zu hinterlassen. In Ländern, Städten und in Menschen. Von Leben zu kosten, die mir nicht gehören. Es fühlt sich an, als müsste es, als könnte es nicht anders sein.

»Alles hat seinen Preis,« sagte meine Großmutter. Ich bezahle mit Träumen, die ich nicht träumen will und kann.

Ich gehöre zur Familie der Drachenjäger. Wir haben unseren eigenen Traum. Die, mit denen ich unterwegs bin, sind Ritter wie ich. Bald kenne ich fast nur noch Leute aus der Drachenfamilie. Die anderen verschwinden, verschwimmen mit dem Hintergrund eines vergangenen Lebens. Die Bewegung, die Suche nach dem Gleichen, verbindet uns, auch wenn wir am Ende oft wegen der Drachen streiten. Wir sind eine Familie. Wir mögen und hassen uns und wissen, wir kommen doch nicht voneinander los. Bedeutung haben wir nicht. Bedeutung hat nur die Stunde, wenn wir mit einem Drachen kämpfen.

*

Fort. Insel im Meer. In einer Bar am Strand lerne ich ein Pärchen kennen. Ausgewanderte, die hier leben. Sie bieten mir an, ein paar Nächte in einem kleinen Bungalow neben ihrem Haus zu wohnen.

Am Abend essen wir zusammen. Der Mann erzählt von England, als er noch dort lebte. Etwas von einem Atomkraftwerk, in dem er gearbeitet hat. Ich kratze mit dem Fingernagel eine Rille in das Holz. Ich verstehe nicht viel von seinem Englisch. Er spricht von Bussen, die sie zur Arbeit abholten, und von einer Kantine, in der sie sehr viel tranken. Von einem Surfladen am Meer. Es habe immer so viel geregnet. Sie schlossen den Laden ab und gingen im Regen surfen. Zuletzt habe er an diesem Tunnel zwischen England und Frankreich gegraben, bevor er aus dem Westen weggegangen sei. Er sagt »Westen« wie etwas, das es nicht mehr gibt.

»Look at the sky, all the stars.« Der Mann zeigt mit dem Finger zum Himmel.

»It's so beautiful«, sagt die Frau.

»Let's eat the cake«, sagt der Mann.

Die Frau nennt sich Aïsha und heißt in Wirklichkeit Margaret. Sie ist Amerikanerin, eine, die gerade verblüht.

Später bin ich allein am Strand. Der Sand ist kühl. Ich vergrabe die Hände darin. Einzelne kleine Feuer brennen. Es riecht nach Salz und Rauch. Auf dem Wasser schaukeln die Lichter von Fischerbooten. Das Meer döst. Schwimmende Opferschachteln aus geflochtenen Bananenblättern. Wellen lecken träge daran, zupfen Blumen heraus. Eine aufgequollene Zigarette rollt ans Ufer und wieder zurück und verschwindet im Nichts aus schwarzem Wasser. Die Götter und Geister hier rauchen.

*

Wieder Mauern und Steine um sie. Sie liegt im Bett und hat Angst vor der Einsamkeit zwischen diesen Steinen, will doch lieber unter einem großen Baum schlafen. Aber dann kommt vielleicht der Wolf, seine gelben Augen funkeln in der Dunkelheit. Wo ist man geborgen?

Ich möchte nahe bei den Wörtern sein, mich an sie anlehnen und mich unter ihnen verkriechen.

*

Lange an diesem Abend sitzen wir lärmend an Tischen, dann auf Treppen, auf dem Boden, schließlich am Fluss, und überall trinken wir Bier, viel Bier. Ich bin die einzige Frau unter lauter Rittern. Den ganzen Tag über haben wir geübt, gekämpft, für die Drachenkämpfe trainiert. An den Händen habe ich Schwielen und frische Blasen.

Es ist schon spät in der Nacht, als alle anderen gegangen sind. Ich sitze mit einem auf einer Bank, übrig geblieben wie ich. Wir sehen die Sterne an und frieren. »Sieh mal, Sterne«, sagt er. Er zögert. Dann legt er die Hand auf meine, hält sie fest. Er streichelt mich nicht, greift aber in meine Haare, küsst mich. Bis eine leere Dose an uns vorbeirollt. Ein Straßenkehrer wischt sie vor sich her über den Platz.

»Ich wollte dich schon früher küssen«, sage ich.

»Ach ja? Ich dich auch.«

»Das hätte ich nicht gedacht«, lüge ich.

»Bist du noch betrunken?«, fragt er.

»Nein. Und du?«

»Nein, das wäre gelogen.«

Wir küssen uns noch einmal.

»Ich gehe nach Hause.« Ich stehe auf. »Kommst du ein Stück mit?«

»Ja doch.« Wir schlendern durch eine Gasse, bleiben stehen, lehnen umschlungen an einer Mauer. Im Streifen Himmel über uns dämmert der Morgen.

*

Ich öffne die Augen. Ein Paar Schuhe. Große Schuhe. Er schläft auf dem Bauch, einer seiner Arme hängt aus dem Bett. Die zerzausten Haare, der Hals, der Rücken, sein Leberfleck zwischen Hüfte und Wirbelsäule. Er atmet, er ist so lebendig. Vor dem Bett liegt die letzte Nacht am Boden. Ein Aschenbecher mit Kippen, eine leere Flasche, Gläser, Kleider. Sein Hemd, im Ausschnitt das Schild »Leonardo da Vinci made in Italy«. Ich schlüpfe hinein. Ich gehe in die Küche, zünde das Gas an, setze Kaffee auf und bleibe am Fenster stehen. Bald wird er fortgehen. Seine Schuhe würde ich gern behalten. Ich schreibe einen Zettel: »Ich möchte deine Schuhe behalten.«

Ich trinke am Küchentisch einen Schluck Kaffee, dann muss ich los.

*

Eines Tages fliege ich in Richtung Norden. Bei der Ankunft ein kleines, grelles Licht auf dem Flughafengebäude wie von einer Taschenlampe. Sonst liegt alles in Dämmerung. Es schneit. Wind bläst über das Dach, Wolken von Schneepulver vor sich herwirbelnd. Auf der Landebahn Schneeräumer mit blinkenden Lichtern. Das Flugzeug hat aufgesetzt und rollt hinter ihnen her. Weit weg Tannen und dann nur noch freies weißes Land. Ein Gefühl, als erreichte ich die Antarktis.

Später liegt er auf mir. Er ist schwer. In seinem Hemdausschnitt kann ich lesen: »Leonardo da Vinci, made in

Italy«. Ich überlege, wo er das Hemd gekauft hat, wie. Wie er es anprobiert und sich im Spiegel angesehen hat.

Dann sitzt er auf dem Sofa, die Beine gespreizt. Neben ihm lehnt die Gitarre. Vor ihm auf dem Tischchen leere Flaschen, ein Kerzenleuchter mit heruntergebrannten Kerzen und ausgetrunkene Weingläser. Gläser wie Kelche. Familienerbstücke, hat er gesagt. Wenn er daraus trinkt, sieht er aus wie ein Ritter der Tafelrunde. In der Ecke die Matratze mit den zwei zerwühlten Schlafsäcken, die Wand, von der die Farbe abblättert. Mauerschnee, denke ich. Graue Tage vor dem Fenster und Nächte aus gelbem Dämmerlicht. Schlafen, wenn man müde ist. Essen, was noch da ist. Draußen die Stadt. Ich gehe nicht raus. Es gibt nur dieses Zimmer, den Flur, die Küche, das Bad, den Raum mit den Musikinstrumenten und die Abstellkammer mit dem Vorhang aus Plastikschnüren.

*

Samuels Mutter sitzt in der Küche. Er sei allein in seinem Zimmer. Wir reden leise, blicken immer wieder auf die verschlossene Tür.

»Kann ich ihn sehen?«, frage ich.

»Du kannst es versuchen«, sagt sie.

Ich klopfe.

»Samuel?«, frage ich. Keine Antwort. Nach einer Weile trete ich ein.

Er steht in der Mitte des Teppichs im Zimmer und sagt nichts. Nach einer Weile gehe ich auf ihn zu und versuche, ihn zu umarmen. Er umarmt mich nicht. Er steht steif da und sieht gebannt auf etwas hinter meinem Rücken. Ich drehe mich um, aber dort ist nur ein Schrank.

»Samuel.«

Ich möchte etwas sagen, das dieses Hier und Jetzt zwischen uns beendet. Als könne es ein solches Wort geben, einen solchen Satz, die eine unsichtbare Tür zwischen uns öffnen könnten.

»Weißt du noch, wie dein Bruder und ich diesen Tanz vorgeführt haben und ihr über uns gelacht habt?« Ich lache ihm vor, wie er darüber lachen könnte. Ich glaube, ich habe vergessen, wer er war.

»Sämu. Wo bist du?«, frage ich zuletzt, aber mehr mich selbst, den Schrank oder das Zimmer als ihn. Warum ist er nicht glücklich verrückt geworden?

Er sieht aus dem Fenster, auf den Teppich und auf den Schrank und sagt nichts.

*

Der Wind bläst Fliedergeruch herüber. Die Erinnerung an ein weißes Haus, an einen Garten, vom Duft verstärkt: die Feuchtigkeit, in der die Fliederbüsche wachsen, daneben die Treppe, auf der sie gespielt hat und in deren Schatten die violetten Dolden blühten. Eine Erinnerung an Frieden mit freien Tagen ohne Sorgen. Ihre Großmutter. Der Apfelbaum und die riesige

Zypresse. Der Duft in der Zypresse. Möglich, dass es diese Tage nie gegeben hat.

*

Zusammen machen sie diese Reise, sie beide, zwei Drachenjäger.

Sie wandern durch eine Oase. Für ein Mal bläst fast kein Wind. Grüne Vierecke in roten Lehmmauern, das Silberne der Olivenbäume und das klappernde Geräusch der sich reibenden Palmblätter. Sie wandern in den Lichtsprenkeln auf schmalen Wegen. Sitzen unter einem Baum, und der Muezzin singt, friedlich und nicht mehr so klagend wie in der Stadt, aus der sie gekommen sind. Er singt beschreibend, gleichförmig, als singe er: »So ist es halt.« Dann bricht der Gesang abrupt ab. Jemand hat das Band abgestellt.

Sie gehen an einem Lehmhaus vorbei, die Sonne brennt auf die Mauer, in der Mitte ein winziges Fenster. Aus der Dunkelheit der warme Gesang einer Frauenstimme.

Der Wind, fast immer und überall in diesem Land. Sie mag ihn nicht. Er höhlt sie aus, zwingt die Gedanken in die Knie. Sie kann nicht mehr denken mit den kitzelnden Haaren im Gesicht, der trockenen Haut in der Nase, den tränenden Augen. Reisen hier, es bedeutet immer mehr, der Trägheit erliegen. Wo will sie überhaupt hin? Schlafen und essen. Bleiben oder nicht, es ist gleichgültig. Leere Gänge im Kopf, durch die der

Wind heult. Gerne würde sie sich einen Spaten ausleihen und ein Feld umgraben. Hier, jetzt, sofort.

*

Am Fluss, um nicht in der Wohnung zu sein. Die Lichter, die sich im Wasser spiegeln. Es ist Winter, aber die Luft ist lau wie im Frühling. Eine Fähre löst sich vom Ufer und gleitet hinüber auf die andere Seite. Unten auf dem Steg, über den das Wasser schwappt, der Umriss einer Frau, in ihrer Hand das Leuchten eines Mobiltelefons.

Ich stehe oben am Geländer und denke an die Wüste.

Als wir endlich ankamen, hatte es seit vielen Jahren zum ersten Mal wieder geregnet. Die Weite, die Öde vor dem Dorf, in dem wir geschlafen haben, war mit grünem Gras bedeckt, Gras, das bis zu den Knöcheln reichte. Dromedare weideten darin, lauter kleiner werdende braune Punkte bis zum Horizont. Aus einer Düne wuchsen Blumen mit armdicken Stängeln voller gelber Blüten. Das war nicht die Wüste, die wir uns vorgestellt hatten.

Wir mieteten ein Auto, fuhren und fuhren, Gras und Dromedare verschwanden. Wir ließen die letzten Häuser hinter uns, fuhren stundenlang in die Wüste hinein, die wir uns gewünscht hatten. Piste gab es keine mehr. Die Straße hatte endlich aufgehört. Der Boden zerfurcht von Reifenspuren, Spuren, die plötzlich endeten, im Lauf der Zeit verwischt oder einfach vom Wind weggeweht. Ich glaube, es war das erste Mal, dass wir ohne Straße, ohne vorgegebene Richtung in einem Auto fuhren. Wir waren auf keiner Linie mehr, diese ewige Linie, die zwei Punkte miteinander verbindet. Wir waren zum ersten Mal nirgends oder immer schon da.

Der Wind bläst durchs offene Autofenster herein. Draußen spielt er mit den schwarzen Plastiktüten, die überall herumliegen, hinausgeweht aus den Städten, aus den Dörfern, ein Sturm aus schwarzen Flocken, die hoch oben am Himmel über der leeren Ebene taumeln, wieder herabfallen und mit dem Sand über den Boden treiben, bis sie sich am Ende in den verdorrten Sträuchern verfangen und der Wind sie zerreißt.

*

In einem abgelegenen Dorf in der Wüste ein Café. Ein Junge kommt an den Tisch und setzt sich, ohne zu fragen. Er schaut sie an. Sie merkt, dass die Leute am anderen Tisch sie beobachten. Der Wirt kommt herüber. Ob es sie störe. Nein, sagt sie. Der Wirt kehrt zurück an den Topf, in dem er etwas kocht.

Der Junge beugt sich zu ihr. Er hat Flaum auf der Oberlippe. »Vous savez qui je suis? Je suis le dernier prophète.«

Sie schaut aus den Augenwinkeln zu den Leuten, die jetzt Karten spielen, zum Wirt. Keiner lacht.

»Personne ne le sait encore, ne dites rien.« Er lächelt. Es ist ein offenes Lächeln. Sie lächelt zurück. »Okay.« Nach einer Weile fragt sie ihn, wie er heiße. Mohammed. Ob er ihr schreiben dürfe, er werde ihr alles erklären. Sie fragt, was er ihr erklären wolle.

»Vous croyez en Dieu?«

Sie erschrickt. »Oui, je crois.«

»Je vais lui parler. Je vais lui parler de vous.«

»Vous parlez avec Dieu?«, fragt sie.

»Oui. Lui, il me parle toujours dans cette oreille«, er zeigt auf sein rechtes Ohr. »Je vais lui dire de vous préparer un bon accueil au paradis.«

»Vous pouvez faire ça?«

»Oui, je le peux.« Er lächelt und schweigt.

Sie fürchtet, dass er weggeht. Sie möchte, dass er bleibt. »Quand est-ce qu'il parle dans votre oreille?«, fragt sie.

»Comment vous le voulez, votre paradis?«, fragt er ernst.

»Quand je serai morte, vous voulez dire?«

»Oui. Qu'est-ce que vous aimez?«

»La musique, c'est possible?«

»Je vais vous préparer un accueil avec beaucoup de musique.«

»Merci.« Sie lächeln zusammen.

»Vous vivez ici?«

Er beugt sich näher zu ihr: »J'ai un grand problème. Il me faut une femme. Maintenant.«

»C'est difficile ici?«, fragt sie.

»Très difficile.«

»Je suis désolée.«

Sie schweigen.

»Vous me donnez votre adresse? Je vais vous écrire. C'est plus facile. Tout écrire.«

Sie nimmt ein Stück Papier und schreibt ihre Adresse auf. Er sieht zu. Sie gibt ihm das Papier, er steckt es ein und geht hinaus. Einer der Kartenspieler kommt herüber. »Il est malade.« Sie dankt für die Information und hofft, Gott werde ein Leben lang freundlich in das rechte Ohr seines letzten Propheten sprechen.

Ich blicke noch immer aufs Wasser, auf die Fähre und die Frau. Künstlich leuchtet die Stadt. Ich sehe, was ich früher sah, aber die Musik ist daraus verschwunden. Ich sehe Licht, das sich im Wasser spiegelt, sonst ist da nichts. Es tut nicht weh, es ist einfach nichts, wo einmal etwas war.

*

Wieder gen Norden. Seine Schuhe noch immer im Flur neben den ihren, nur ein bisschen verstaubt.

Wir treffen uns in einem Café.

Als ich von der Toilette zurückkomme, hat er aufgehört zu telefonieren. Er sitzt vor seinem Kaffee, spielt mit dem Zuckerpäckchen und lächelt freundlich. Meine Tasse ist abgeräumt worden.

»Musst du gehen? Ich nehme sonst noch einen Kaffee«, sage ich.

»Nein, noch nicht.«

Ich schaue mich um, niemand ist zu sehen. »Wir sind ganz allein auf der Welt. Alle anderen sind tot.« Ich versuche, dabei so freundlich zu lächeln wie er.

»Warum wolltest du, dass wir uns treffen?«, fragt er.

»Nur so. Ich wollte sprechen. Darüber.«

»Worüber?« Er spielt immer noch mit dem Zucker.

»Warum es plötzlich aufgehört hat. Der Grund.«

Er überlegt. »Es war auch für mich seltsam. Ich hatte von einem Tag auf den anderen keine Gefühle mehr.«

»Warum?«

»Ich weiß nicht.«

»Weil es noch einen anderen gab?«

»Nein.«

»Weil ich erst nicht wollte und dann doch?«

»Nein. Es gibt keinen Grund.«

»Ich verstehe es nicht.«

Er lächelt und legt den Zucker weg. »Ich auch nicht. Es tut mir leid.« Er sieht auf die Uhr. »Ich muss gehen.«

Er steht auf, zieht seine Jacke an, kommt um den Tisch herum, beugt sich zu mir, küsst mich, ich spüre das Kratzen der Bartstoppeln auf der Wange.

»Schickst du mir bitte meine Schuhe zurück?«, fragt er.

»Klar«, ich nicke.

»Mach's gut«, sagt er, dreht sich um und geht, als gäbe es nur diese eine Möglichkeit.

*

Flucht. In die Stadt, in die eine, die auserwählte, von Anfang an.

Durch ihre Straßen bin ich von ihm fortgegangen, und sie hat meine Hand gehalten. Sie hat mich hinab ins Dunkel gezogen und woanders wieder neu ans Licht gespuckt.

Ich habe mich auf eine Bank gesetzt, ich habe den Tauben und Menschen im Park zugesehen, vielleicht habe ich in einem Laden ein Sandwich gekauft, weil ich hungrig war. Ich habe weitergelebt, ohne zu sterben. Städte schließen einen ins Herz oder auch das Gegenteil, glaube ich jedenfalls, das weiß nur niemand. Sie hat mich nie allein gelassen. Ich habe ihr später meine Geliebten gebracht. Sie hat uns bis zum Morgengrauen durch die Nacht getragen und dann zurück in die Brandung ihres stinkenden Morgenverkehrs geworfen. Im Spiegel hinter der Bar, an der wir Kaffee trinken, unsere müden Gesichter, wir, Fremde unter anderen Fremden.

Ich bin in die Stadt zurückgekehrt, so viele Male. Sie hat mich umarmt und getröstet, sie hat mir versprochen, dass sie mich nie verlässt, dass sie da ist, für immer und noch viel länger, auch wenn ich schon längst nicht mehr da bin.

*

Auch er wird eines Tages sagen, mit mir könne man nicht. Durch die Leitung höre ich das Klicken seines

Feuerzeugs. »Paris, Berlin, Marokko und so weiter. All die Reisen!«, stößt er wütend hervor. Das klingt wie die Schrift auf einer Parfümflasche, denke ich einen Moment lang unpassend. Er sagt es am Telefon und ganz generell. Als tue ich etwas, das inakzeptabel ist, und jeder habe diese Meinung über mich.

Aber damals wussten wir das noch nicht.

*

Wir telefonieren. Er hat sich Bienen gekauft. Sie vermehren sich wie verrückt.

Wir telefonieren. Die Bienen sind abgehauen.

Wir telefonieren. Er will Champignons in einer Höhle züchten. In der alten Höhle oben in den Bergen, wo die Erdbeeren wachsen, ich weiß doch noch. Ja, ich weiß noch.

Wir telefonieren. Er will sich ein Haus kaufen. Ob ich kommen und es mir mit ihm ansehen wolle.

*

Es ist heiß. Schon eine Weile sitzen wir im Auto unter einer Pinie, mit heruntergekurbelten Fenstern. Rechts ein abgeerntetes Feld, Stoppeln im Sommerlicht. Ein Lufthauch weht den Geruch von Staub und Piniennadeln herein. Links vom Auto ein verfallener Weg zwischen Eukalyptusbäumen, der hinauf zu einem Gebäude führt. Die Fenster sind vernagelt. Tauben fliegen durch eine Luke im Dach aus und ein.

Um ans Meer zu kommen, müssten wir über eine Stunde fahren, und um zurück in die Wohnung zu gehen, die er für eine Woche gemietet hat, ist es zu früh. Seit wir hier sind, ist es immer zu früh oder zu weit. Die Wohnung war die einzige, die er in der Nähe des Hauses gefunden hatte. Die Wohnung hat eine kleine Terrasse, auf der es morgens schon zu heiß ist. Ich trinke den Kaffee am Holztisch in der dämmrigen Küche, die Fliesen unter den Füßen sind kühl. Ich höre mich selbst, wie ich den Kaffee schlucke.

Erst wenn der Morgen graut, legt er sich zu mir. Oder auch nicht. Ich weiß nicht, was mit ihm los ist. Manchmal schaut er die ganze Nacht fern. Er schläft dabei ein, den Mund offen, auf den Kissen am Boden liegend. Heute nicht. Als ich aufstand, schlief er noch neben mir in dem verschnörkelten Eisenbett.

Der Vorhang vor dem Fenster bewegt sich im Luftzug. Beim Aufwachen höre ich manchmal Geräusche aus den Küchen der umliegenden Häuser, aber keine Stimmen. Sonnenreflexe tanzen an der Zimmerdecke. Es könnte schön sein hier. Friedlich. Doch alles wirkt verlassen. Im Dorf enge Gassen, ein einziger Laden, eine Kneipe, in der nie jemand ist. Kranke, dünne Katzen sitzen in Winkeln und Ecken, sie flüchten, wenn man die Hand nach ihnen ausstreckt.

Am ersten Tag sind wir ans Meer gefahren, aber wir konnten es nicht sehen. Der Strand war abgesperrt. Um ans Wasser zu kommen, hätten wir bezahlen müssen. Als müssten wir für das Sonnenlicht bezahlen oder dafür, dass wir am Leben sind. Einmal habe ich ihn gefragt. Er hat gesagt, es gehe ihm nicht gut. Als ich fragte, weshalb, sagte er, er wisse es nicht. Ich glaube nicht, dass er es nicht weiß, und frage nicht mehr. Wir sollten uns vielleicht für diesmal besser trennen und nach Hause fahren, aber wir schaffen es nicht.

»Sollen wir es uns ansehen?« Er schaut mich nicht an. Er sieht durch die Windschutzscheibe. Ich habe keine Lust. Über der Straße flimmert die Hitze. Kein Mensch weit und breit.

»Es wirkt unheimlich«, sage ich. Er raucht, und wir schweigen.

»Also gut.« Ich schnappe mir die Wasserflasche und steige aus. Immerhin kommen wir so aus dem Auto raus. Er zieht den Zündschlüssel ab.

»Willst du nicht die Fenster zumachen?«, frage ich.

»Hier ist niemand.« Er schlägt die Tür zu, nimmt meine Hand, als ich ums Auto herum an ihm vorbeigehe. Wir schlendern zusammen den löchrigen Weg entlang. In den Bäumen das gleichmäßige Zirpen der Zikaden, irgendwo bellt ein Hund. Das Gelände ist verwildert, überall wächst Gebüsch. Er nimmt einen letzten Zug. Seine Wangen werden hohl dabei. Als er mit dem Rauchen fertig ist, tritt er den Zigarillo aus und steckt ihn in die Tasche seiner Jeans. Etwas daran nervt mich. Wir gehen langsam weiter, als würden wir einen Berg erklimmen. Wir versuchen die Zeit totzuschlagen, denke ich, möglichst langsam und bedächtig. Vielleicht gibt es sie schon längst nicht mehr zwischen uns. Dann könnten wir uns die Mühe sparen, aber ich kann nicht aufhören damit. An mir ist etwas an ihn Hingegebenes, dem ich mich nicht entziehen kann und das mich anwidert. Ich hoffe manchmal, dieses Etwas zwischen uns werde von selbst zu Ende gehen, dieses Etwas, von dem ich nicht weiß, was es ist.

Vor dem Haus das Rund eines Kiesplatzes. Kies hat es zwar fast keinen mehr, aber viel verdorrtes Gras. Von Nahem ist das Haus größer, als es vom Auto aus aussah. Ein kleiner Palazzo, das ehemalige Landhaus einer Familie vielleicht. Wir stehen einen Moment lang in der sengenden Hitze und sehen an den Mauern hinauf. Über uns der Flügelschlag der Tauben unter dem Dach. Wir hebeln am verschlossenen Eingangstor herum, aber es bewegt sich nicht. Man kann nicht einmal die Klinke herunterdrücken. Wir ziehen am Glockenzug. Alles bleibt still. Durch ein Fensterchen, das nicht vernagelt ist, sehen wir nach drinnen. Wir müssen hinaufspringen und uns am Gitter festhalten. Wenn wir keine Kraft mehr haben, lassen wir uns wieder fallen. Hinter dem Fenster liegt ein Innenhof, von Brombeeren überwuchert, die Bodenplatten aus Stein sind zerbrochen. Ein Streifen Sonnenlicht fällt an die gegenüberliegende Wand. Der Streifen hat die Form eines Rhombus. Es ist die Form der Sehnsucht, finde ich. Das Langgezogene,

Schräge ist ein Schmerz, ein Abdruck in meiner eigenen Dunkelheit. Ich bin auch ein Haus. Woher kommt bloß diese quälende Sehnsucht, seit ich hier bin? Ich springe mehrmals hoch, um es zu sehen, und möchte ihm das alles sagen.

Wir gehen ums Haus herum, an der Seitenmauer entlang. Wir finden keine Möglichkeit, hineinzugelangen. Rechts vom Haus sehe ich hinter Büschen versteckt ein anderes kleines Gebäude. Das Dach ist eingestürzt. Es gibt keine Tür mehr, Pflanzen wachsen durch die Fenster ins Innere, am Boden liegen von der Decke gestürzte Balken herum. »Ein Pferdestall, das war ein Pferdestall«, sage ich. An der Wand die Tröge und die in die Mauer eingelassenen Ringe zum Anbinden der Tiere. Als ich mich nach ihm umdrehe, ist er nicht mehr da. Vielleicht ist er um das Haus herumgegangen, ohne dass ich es bemerkt habe. Ich schaue in alle Richtungen. Gras und Gebüsch. Es ist ganz still. Und plötzlich das Gefühl, dass da etwas ist, das mich beobachtet. Schon die ganze Zeit vorher, es ist aber erst jetzt an die Oberfläche meines Bewusstseins gestoßen, eine Luftblase, die zerplatzt. Etwas beobachtet mich, und ich sehe es nicht, aber ich fühle es. Ein Mensch, oder vielleicht ein Tier. Es sind Augen, etwas Drittes, eine fremde Gegenwart neben uns beiden. Ich wage nicht mehr, mich zu bewegen. Ich versuche, etwas zu hören, ein verdächtiges Geräusch, aber da ist nichts. Ich stehe in der flimmernden Hitze, im Zentrum eines Kreises, um mich das gleiche Gebüsch, das Haus, alles ist wie vorher, und alles ist anders. Unheimlich das Wittern meines Körpers, sein Lauern in ein Nichts hinein, meine Verwandlung in etwas anderes durch diese unsichtbare Gefahr, die mein Körper anscheinend erwartet und von der er mehr ahnt als ich selbst.

Ich rufe. Ich rufe mehrmals. Beim dritten Mal antwortet er mir endlich und kommt angerannt. Er muss ganz um das Haus herumgegangen sein.

Er schaut sich um. Ich frage mich, ob es noch da ist, uns nun zusammen sieht.

Die Schwere zwischen uns war weg, nachdem wir aus dem Auto ausgestiegen waren. Jetzt ist sie mit einem Mal wieder da. Er nimmt einen Zigarillo aus der Brusttasche. Das Klicken des Feuerzeugs, als er ihn anzündet. Es funktioniert nicht richtig, er muss es mehrmals versuchen, bis die Flamme brennt. Ich mag das Geräusch des Feuerzeugs eigentlich, auch wenn mir jetzt klar wird, dass mich der ganze Vorgang nervt, dieser immer gleiche Ablauf: Zigarillo herausklauben, in den Mund stecken, ihn mit den Händen abschirmen und anzünden. Alles steht still dabei. Das Feuerzeug habe ich ihm geschenkt, jetzt ist es kaputt oder halb kaputt. Meine Geschenke gehen fast alle kaputt, die Sonnenbrille, der Pullover. Oder er findet sie nicht mehr. Die Dinge sind vielleicht noch da, aber trotzdem unbrauchbar. Anders als bei mir. Ich konserviere sie, trage Sorge zu ihnen, sie bleiben für immer und sehen mich an, aus dem Regal, von der Küchenablage, aus dem Schrank, und verlangen einen Sinn, den nur ich ihnen geben kann. Die Dinge um mich herum, auch die Geschichten, die sie hervorrufen, manchmal ist mir das alles zu viel. Manchmal beneide ich ihn. Um die Zerstörung, das Verschwinden.

»Hinter dem Haus ist eine alte Wasserpumpe.« Er sieht mich an, seine braunen Augen, pupillenlos, einfach dunkel. Er raucht, bläst den Rauch schräg nach oben, um mich nicht zu stören. Er schaut mich die ganze Zeit an. Warum? Ich habe keine Ahnung. Als sei das, was er gerade gesagt hat, wichtig. Ist es aber nicht. Oder doch? Ich verstehe ihn nicht. Ich weiß selten, was er wirklich meint.

»Ja, und?«

»Vielleicht funktioniert sie noch. Kommst du mit?« Er sagt es neutral. Glaube ich.

»Sollen wir nicht lieber gehen?«

Er sieht mich an und sagt nichts. Er wartet. Er will nicht weg. Das ist ziemlich sicher.

»Ich habe Angst.«

»Hier ist niemand. Nur noch die Pumpe, dann gehen wir.«

Wir hängen uns zu zweit an den Pumparm, der sich quietschend bewegt. Es kommt kein Wasser. Hier muss der Garten gewesen sein. Es wächst Gras, es ist fast grün. Dazwischen liegen Ziegel, die vom Dach gefallen sind. »Da drüben war ein Pferdestall.« Ich zeige in die Richtung, aus der wir gekommen sind.

»Bist du sicher?«

»Es hat Tröge und Ringe zum Anbinden. Recht

hoch. Ich glaube, Kühe sind kleiner.« Er dreht sich um, schlendert zurück.

Als wir vor dem verfallenen Gebäude stehen, habe ich wieder das Gefühl von vorher. Ich bin sicher, dass da etwas Drittes ist. Ich habe weniger Angst, weil er dabei ist. »Merkst du nichts? Ich glaube, wir werden beobachtet.« Er sieht sich um. Er sieht nicht ängstlich aus, eher neugierig. Er geht auf die Büsche zu.

»Schau mal.« Ich gehe in die Richtung, aus der seine Stimme kommt, um nicht allein zu bleiben. Ich biege die Zweige der Büsche auseinander. Er steht vor einem Brett, das über einen kleinen Graben führt, es ist schmal, er balanciert darüber und streckt mir dann die Hand entgegen. Ich will nicht und gehe trotzdem. Dahinter wird das Gebüsch dichter. Ich bleibe mit den Haaren überall hängen. Mein Herz klopft. Zum Glück sind keine Dornen an den Zweigen. Sie sind biegsam, und ich muss aufpassen, wenn ich sie loslasse: Sie schlagen auf uns zurück. Er ist schneller als ich, für einen kurzen Moment bin ich allein. Dann erreiche ich eine Lichtung, wo er schon mit dem Rücken zu mir stehen geblieben ist. In der Mitte der Lichtung liegt im Gras ein Skelett. Es ist groß. Die Rippen ragen seltsam in die Luft, sie sind ganz ausgebleicht. Der Schädel fehlt.

»Was ist das?«, frage ich.

Er antwortet nicht. Dann dreht er sich zu mir um.

»Warum sagst du nichts?« Ich warte die Antwort nicht ab und mache ein paar Schritte auf ihn zu. »Komm bitte, wir gehen!« Er nimmt wieder einen Zigarillo aus der Brusttasche, zündet ihn an. Wir stehen uns gegenüber, das Skelett liegt zwischen uns, und ich bin jetzt sicher, dass da etwas ist, etwas Lebendiges, das uns ansieht, uns betrachtet, wie wir da auf der Lichtung stehen. Es ist ganz nah, aber es macht kein Geräusch. Wir bilden ein Dreieck, er und ich und dieses Andere. Er raucht, und wir schweigen, und es schweigt auch, aber seine Gegenwart dröhnt. Plötzlich habe ich einen Gedanken, und alles beginnt sich zusammenzuziehen, die Grenze, da, wo sie immer war, sie beginnt sich zu verwischen. Übrig bleiben er und ich. Das Dritte ist jetzt auch er. Ich starre ihn an, aber er raucht nur, ruhig, als warte er auf etwas.

Anstatt zurückzugehen, dreht er sich um, stürzt sich hinein ins Gebüsch. Ich beeile mich, ihm nachzukommen, ihn nicht aus den Augen zu verlieren. Die Zweige schlagen hinter ihm zusammen, klatschen mir ins Gesicht, ich hebe schützend den Arm, ich höre brechende Zweige, aber sehe nicht mehr, wohin ich trete, mein Herz klopft wie wild. Dann teilt sich das Gebüsch, hört auf. Wir stehen oben auf einem sanften Abhang, unten liegt ein Sumpf. Daneben ein Zaun um eine Wiese, auf der Schafe weiden. Man hört ihr Blöken, es ist klar, da sind irgendwo Menschen. Wir stehen nebeneinander, an seinem Hosenbein krabbelt ein Käfer entlang. Ich habe Lust, ihn zu schlagen. Dann ist das Gefühl weg, als sei nie etwas gewesen.

*

Warum kann ich Dinge nicht einfach wegwerfen? Ich lagere sie im Keller, obwohl ich sie nicht mehr haben will. Hoffe, sie wachsen mir weg in der Dunkelheit dort. Wie man zu jemandem, der bald abfährt, sagt: »Wir sehen uns dann noch.« Dabei ist es abgemacht, dass man sich nicht wiedersieht. Weil es anstrengend ist, sich zu verabschieden, warum eigentlich? Tschüss, und dann ist es vorbei. Sich umdrehen und gehen.

Im Keller stoße ich wieder einmal auf meine alte Puppenstube. Die Zimmer sind leer, die Möbel und Puppen woanders. Rund ums Haus ist ein Kabel verlegt, für das Licht und für die Klingel. Eine kleine grüne Klingel mit einem weißen Knopf. Die Elektrik hat mein Vater eingebaut. An Weihnachten habe ich die Puppenstube geschenkt bekommen, das Licht brannte in allen Zimmern unter dem Weihnachtsbaum. Zuunterst, in einer Art Garage, das Schlafzimmer der Eltern. Dort stand ein Bett, und darin lag den ganzen Tag der Puppenmann. Zu ihm fiel mir nichts ein. Mit angenähter Krawatte lag er da, unbenutzt und wie neu, als allen anderen Puppen schon Arme und Beine fehlten und sie Prothesen aus Zündhölzern trugen. Haare hatten die meisten keine mehr, ich klebte ihnen welche aus Bindfäden an, die fettig aussahen. Manchmal versuchte ich es mit dem Puppenmann. Dann setzte ich ihn im Wohnzimmer aufs Sofa. Er trug eine rote Flanelljacke und graue Hosen.

Ich war die Puppe, der beide Beine fehlten. Ich fuhr in einem Rollstuhl aus Lego. Keine Ahnung mehr, worum es so ging in den Geschichten der Puppenstube. Vor langer Zeit saß ich nach den Sommerferien davor und konnte mich nicht mehr erinnern. Ich räumte die Möbel aus und ein und dachte, es würde mir wieder einfallen. Aber es fiel mir nicht mehr ein. Nie mehr.

*

Wir telefonieren. Er hat das Haus gekauft.

Er holt mich am Bahnhof ab. Seine nackten Füße in den Schuhen, seine Arme um mich, die Bartstoppeln, die auf der Wange kratzen. Die Wärme des Motorrads und die Wärme, die ich durch sein Hemd spüre. Er lächelt, als er mich sieht. Es ist anders als das letzte Mal, anders als früher auch. Alles Bedrückende ist für einen Moment verschwunden, als wir uns wiedersehen.

Wir fahren hinaus aus der Stadt, fahren und fahren und fahren, am Ende über den löchrigen Schotterweg, an den Eukalyptusbäumen vorbei, auf der schwarzen Maschine mit dem Zyklopenauge. Die Sonne brennt.

»Das hier war das letzte Sumpfgebiet der Stadt«, sagt er. Mücken umschwirren uns.

»Ah ja?«, sage ich.

»Ein Film wurde hier gedreht, einer, der nur in kleinen Kinos lief. Vor ein paar Jahren gab es in dieser Gegend noch Malaria.«

Das Haus, rundherum immer noch nichts, nur dorniges Gebüsch. Macchia. Das Wort fällt mir plötzlich ein, ich weiß nicht, woher ich es habe. Die Stadt ist so weit weg. Er verschwindet im Haus, lässt die Tür offen, ich gehe ihm durch den dunklen Hausflur nach. Die Fenster sind nicht mehr vernagelt. Sie sind schön und alt, groß und neu gestrichen. Das Haus wirkt ganz anders als damals. Das Unheimliche ist verschwunden.

Wir stehen vor dem Kühlschrank in einer provisorischen Küche, trinken abwechselnd aus einer Plastikflasche. Wir küssen uns, den Mund voll Wasser. Wir lachen und prusten, und das Wasser läuft über unsere Kleider. Wir ziehen uns aus, schlafen zusammen. Was könnten wir sonst tun? Wir können nur das. Niemals werden wir, niemals wirklich. Weil wir es nicht lassen können, durch die Nacht zu reisen, weil wir uns nur in ihr lebendig fühlen. Die Mücken kriechen durch die Fliegengitter, die er vor den Fenstern angebracht hat. Wir sind nass vom Schweiß und mit Stichen übersät.

Morgens gräbt er hinten im Garten bei der Wasserpumpe an einem Loch für den Pool. Wo das Skelett gelegen hat, hat er das Gebüsch roden lassen und mehrere Pinien gepflanzt. Wenn sie einmal groß sind und man darunter sitzen kann, könnte es hier sehr schön sein.

Ich liege auf dem Bett und höre seinem Schaufeln zu, begleitet vom unaufhörlichen Sägen der Zikaden. Durchs Fenster riecht es nach Sonne, die auf Erde scheint, drinnen nach kühlen Mauern. Mittags essen wir die Brote, die er für uns gemacht hat, und schlafen danach in die Hitze des Nachmittags hinein. Abends treffen wir seine Freunde, deren Namen ich mir nicht merken kann.

Ich bin hier keine andere als dort. Es gibt nur eine Zweite in mir, die es vorzieht, bei ihm zu schweigen. All die Fragen, die man ihr stellen könnte, stellt er nicht. Und wenn er doch einmal etwas fragt, tu ich so, als verstünde ich nicht, was er von ihr wissen will.

Sie kommt zu ihm, wenn sie von den Drachenkämpfen müde ist. Sie liegt in seiner Achselhöhle, während er mit dem Mann telefoniert, von dem er will, dass er ihm die Bienen einfängt. Er glaubt, sie sei die Frau, die bei ihm liegt.

Begegneten wir uns dort, wo ich zu Hause bin, könnte er sehen, wer die andere ist. Er würde ihr neues Pferd sehen, er würde die Rüstung sehen, ihr Schwert, ihre Knappen und das Gefolge mit den Fackeln, die sie nun hat. Aber er will wahrscheinlich gar nicht wirklich wissen, wer sie ist.

Während er mit dem Imker telefoniert, stelle ich mir vor, wir begegneten uns im Wald. Das Pferd scharrt mit den Hufen, es bäumt sich vor ihm auf, es ist sehr wild. Ich öffne das Visier, er sieht nur meine Augen, aber er erkennt mich. Das Pferd tänzelt auf dem schmalen Weg zwischen den Tannen, ich kann es kaum bändigen. Während wir uns um die eigene Achse drehen, rufe ich ihm zu, ich könne leider nicht bleiben, ich müsse weiter, dorthin, wo die Drachen sind. Er sagt: »Aber du bist doch eine Frau!« Die Knappen, die Fackelträger, die Diener, die Mägde, das Gesinde, die Zwerge, alle lachen ihn deshalb aus. Und dann verschwinde ich im Galopp in der Dunkelheit. Der Zug folgt mir langsam nach. Er bleibt ganz allein zwischen den Bäumen zurück.

Und wer ist er? Ich weiß von ihm auch nur, was mir die Dinge um ihn herum erzählen.

Am nächsten Tag reise ich zurück.

*

Vor dem Fenster trudeln ein paar Schneeflocken. Sie schmelzen, bevor sie den Asphalt erreichen. Sie nimmt die Lederjacke vom Haken, macht die Lampe aus und geht. In die kleine Bar, die sie so mag. Von außen ist sie wie tausend andere: eine zerbrechliche Tür, ihre Scheiben aus dünnem Glas und darüber ein Blechschild mit einem Namen. Innen Rauch, der sich nicht bewegt, in der Luft stehen geblieben ist. Lichtflecken auf Sofas und darauf hingefläzt Menschen. Es fröstelt sie.

Sie setzt sich an ein Tischchen und zündet sich eine Zigarette an. Sie wird die ganze Nacht rauchen, nimmt sie sich vor. Jemand kommt herein, über der Schulter eine Reisetasche. »C'est libre?« Am Akzent merkt sie, dass er aus dem gleichen Land hinter den Steinen kommt wie sie. Sie nickt zögernd. Sie beschließt, es möglichst lange zu verbergen. Er zieht die Jacke aus, darunter trägt er ein T-Shirt mit kurzen Ärmeln. Einer von denen, die nicht frieren. Er bestellt etwas zu trinken und dreht sich eine.

»Tu viens d'où?« Sie will es gar nicht wissen, denkt sie, als sie ihn fragt. Er wolle nach Portugal.

»Da ist es aber kalt jetzt«, sagt sie. Vielleicht gehe er auch nach Tunesien, sagt er. Ob sie hier lebe.

»Ja.«

Was sie hier mache, fragt er. Sie arbeite in einer Bäckerei. Sie verkaufe Brot, Baguettes, lügt sie. Das rieche sicher gut, sagt er.

»Oh ja«, sagt sie. Er sagt, er male. Diese Bar würde er zum Beispiel gern malen.

Er dreht sich noch eine. Ob sie auch eine wolle?

»Ja, obwohl.«

Sie rauche eigentlich nur, wenn sie kiffe. Sie reden übers Kiffen. Dann wissen sie nicht mehr, was reden. Sie bezahlt. Er auch. Hat mich gefreut, sagt sie. Ob er bei ihr schlafen könne? Es sei, weil, er habe nicht mehr viel Geld. Sie sagt Ja und denkt, dass das anstrengend werden könnte.

Draußen hat es aufgehört zu schneien und angefangen zu regnen. Sie gehen die Reihen parkender Autos entlang. Ihre Schuhe, von denen sie sich nicht trennen kann, sind nicht mehr dicht. Ihre Füße werden erst kalt, dann nass. Die Sirene eines Autos heult.

In der Wohnung wirkt er viel größer als in der Bar. Oder die Wohnung ist durch seine Anwesenheit geschrumpft.

»Nur ein Bett, wie du siehst«, sagt sie.

»Kein Problem.«

»Ich geh ins Bad. Mach dir Tee, wenn du willst.«

Als sie wiederkommt, sitzt er mit einer Tasse auf dem einzigen Stuhl. Unter den Augen hat er dunkle Ringe. Sie legt sich ins Bett, er kramt eine Zahnbürste aus seinem Rucksack und verschwindet im Bad. Wasserrauschen. Gurgeln. Er kommt mit nacktem Oberkörper und offenen Haaren zurück. Die Haare reichen ihm bis zu den Hüften. Er sieht jung aus, fast wie ein Mädchen. Ein sehr großes Mädchen. Ziemlich sicher ist er jünger als sie. Er setzt sich auf die Matratzenkante, wühlt in seinen Sachen und hält ihr eine CD hin.

»Kennst du die?«

Auf der Hülle ist ein schwarzer Käfer.

»Nein.«

»Hast du Lust?«

Sie zuckt mit den Schultern und weiß selbst nicht, was sie damit meint. Er legt die CD ein.

»Soll ich das Licht ausmachen?«, fragt er.

»Ja, bitte.«

Er stellt sich ans Fenster, raucht. Sie sieht das glühende Ende der Zigarette in der Dunkelheit auf und nieder wandern. Als er unter die Decke schlüpft, streift sein Fuß den ihren.

»Gute Nacht,« sagt er. Kurze Zeit später schläft sie ein. Als sie am Morgen aufwacht, ist er fort.

*

Das ist nicht wahr: Wir haben zusammen geschlafen. Seine langen schwarzen Haare, die sich noch Wochen später im Besen verfangen. Eine Karte aus Tunesien mit einer Skizze von der Bar, in der wir uns kennengelernt haben.

Wir treffen uns später zufällig in einem Supermarkt wieder, in der Stadt, wo ich zu Hause bin. Im Land hinter den Steinen. Wir stehen beide vor dem Regal mit den Milchprodukten.

»Hey«, sagt er erstaunt und: »Qu'est-ce que tu fais ici?«

»Ich wohne hier. Ich backe gar kein Brot«, antworte ich auf Deutsch. Ich lächle ihn an. Er überlegt kurz, dann lacht er.

Er sei gerade unterwegs nach Ungarn. Wir tauschen unsere Nummern.

Er sagt, wenn ich wolle, wenn wir beide mal Zeit hätten, koche er für uns. Er habe hier vorübergehend ein Zimmer in einer WG von Freunden.

Eines Abends sitze ich bei ihm in der Küche. Er steht vor dem Herd und rührt in einem Wok. Die Haare hat er zu einem Dutt aufgesteckt. Ich höre einem Filmstudenten zu, der im selben Haus wohnt und morgen einen Film drehen wird, etwas Experimentelles. Das Problem sei, dass der Film an einer Tankstelle spielt und die Tankwarte dieser Stadt lieber Benzin verkaufen wollen, als ihre Tankstelle für einen Film herzugeben, sagt er. Ein Mädchen, das auch im Haus wohnt und neben mir sitzt, schlägt vor, wir könnten alle zusammen eine Tankstelle aus Pappe bauen und sie im Keller aufstellen, aber der Filmstudent findet, das gehe gar nicht.

Sie fragen mich, was ich so mache. Ich sei Drachenjäger, sage ich. Das finden sie toll. Sie fragen mich, ob ich schon viele Drachen getötet habe. Fünf, sage ich. Das sei doch schon eine Zahl, finden sie. Sie fragen, welcher Drache mein letzter gewesen sei. Ich sage, dass es nur ein kleiner war, und sie würden ihn wahrscheinlich nicht kennen. Sie wollen trotzdem seinen Namen wissen. Sie sagen, sie hätten von ihm gehört. Ich bin nicht sicher, ob es stimmt.

Er kocht die ganze Zeit, während wir reden. Schweißperlen rinnen über seine Stirn.

Wir essen oben auf dem Dach. Der Filmstudent spricht immer noch über seinen Film. Es ist ein warmer Abend, mild, eine weiße Wolke gleitet über den dunkler werdenden Himmel. Weit hinten leuchtet der See, und die Mauersegler kreisen über der Stadt. Nach dem Essen sind wir allein. Es ist endlich still. Wir sitzen, wir rauchen, wir kiffen, und wir trinken zu viel. Ich verpasse die letzte Bahn. Er meint, ich solle doch bleiben, es störe ihn nicht. Warum sagt er das? Ich denke zu lange darüber nach. »Wann stehst du morgen auf?«, frage ich, um etwas zu sagen. Er überlegt.

»Ach egal, ich bleibe. Wenn es dich nicht stört.«

Ich gehe ins Bad und lege mich auf die kühlen Fliesen vor der Wanne. Ich möchte die ganze Nacht hier liegen bleiben. Es tut meinem Kopf, der schmerzt, so gut.

Als ich in sein Zimmer komme, liegt er an der Wand auf einer Matratze, mit dem Rücken zu mir. Ich denke, er ist eingeschlafen. Ich versuche, mich vorsichtig neben ihn zu legen, um ihn nicht zu wecken.

Später habe ich sein Herz doch schlagen hören in dieser Nacht, heftig, pampampam. Er hat mich umarmt, meine Nase in seinen Haaren.

Am Morgen sind wir aufgestanden und haben zusammen in der Küche einen Kaffee getrunken, er an der Spüle, ich an die Wand gelehnt. Dann sind wir wieder in sein Zimmer gegangen, und ich habe meine Sachen zusammengepackt. »Also tschüss«, haben wir gesagt, und ich bin fort, die Treppe hinunter und hinaus auf die Straße.

*

Weiterreisen, umherziehen. Drachen jagen.

Neonlicht in einem Tunnel. Die rissigen Mauern, Graffiti. Der Geruch des Zugs im Dunkeln. Licht und Kiefern, Lastwagen auf der Autobahn. Dunst, in abgeernteten Feldern hängend. Eine Buche, ihr glatter grauer Stamm, wie Elefantenhaut. Die Äste mit den roten Pünktchen, die nicht abgeworfenen Blätter. Trübe Landschaft. Unter einem Apfelbaum drei Schafe, die ins Leere starren. Der Schein der Rücklichter eines Autos auf einem Feldweg. »Hell« an einen Brückenpfeiler gesprayt. Alles bedeutet nichts, wenn das eine fehlt, und es fehlt fast immer.

Wieder am Empfang in einem Hotel stehen, über lange Flure gehen, Lift, Spannteppich, Schlüssel oder Karte, alle Türen öffnen auf das immer gleiche Zimmer, ein Bett, ein Schrank, Tisch, Stuhl, TV.

*

Menschen, die ziellos durchs Leben ziehen und geduldig abwarten, was auf sie zukommt, sind ihr fremd. Sie hat nicht das Gefühl, die Dinge kommen auf sie zu. Immer war sie es, die auf die Dinge zuging. Der Gedanke, dass hinter dem Berg, auf den sie klettert, vielleicht kein nächster mehr ist, ist ihr nie gekommen.

Er schläft. Sie spielt mit seinem Zigarillopäckchen und sieht einer Hummel zu, die von einer kleinen blauen Blume zur nächsten fliegt. Sie liegen auf einer Anhöhe unter der einzigen Pinie, die hier in stacheligem Gras steht.

Der Tag, als sie zum ersten Mal ein Ziel erreichte, war leer. Er spannte Erleichterung und gleichzeitig Enttäuschung auf. Damit hatte sie nicht gerechnet. Die wichtigen Dinge werden einem oft nicht vorher mitgeteilt.

Im Zoo dieser Orang-Utan, der sich in der Mitte seines Käfigs einen Sack über den Kopf zog und sich auf den Boden schmiss. Liegen blieb, lange. Den Sack wieder abnahm, sich umsah und dann den Sack wieder über den Kopf zog.

Was tun, wenn die Taten leer geworden sind?

Ihr fällt ein, wie sie eines Tages diesen Job abgelehnt hat. Sie war nicht in der Position derer, die ablehnen können. Es war trotzdem, als sei nichts passiert. Aber es entstand eine Leerstelle. Und in dieser Leerstelle lag sie morgens manchmal bis elf Uhr im Bett, dachte nach. Trank stundenlang Kaffee, ohne sonst etwas zu tun. Saß einfach am Küchentisch und sah aus dem Fenster, auf den Himmel: blau, grau, voller Wolken, rot von der Sonne. Sie betrachtete den Himmel und tat nichts, fand sich manchmal am Nachmittag wieder, ohne mit jemandem gesprochen zu haben. Ohne Lust, an diesem Tag noch etwas zu tun.

Anfangs dachte sie, sie sei einfach erschöpft. Müde von der Arbeit davor. Aber die Müdigkeit wurde jeden Tag größer. Manchmal machte sie das Radio an und putzte die Wohnung. Dann setzte sie sich wieder an den Küchentisch, trank noch mehr Kaffee, dachte daran, dass sie Wäsche gewaschen und die Wohnung gesaugt hatte, und fühlte sich ein bisschen besser. Sie betrachtete bis zur Dämmerung den Himmel. Vom Kaffee schlug das Herz heftig und sinnlos. Die Abenddämmerung mochte sie nicht.

Manchmal nahm sie das Telefon nicht mehr ab, weil sie glaubte, man höre ihr an, dass sie den ganzen Tag nicht gesprochen hatte.

Anderen Menschen erzählte sie, sie müsse ein Projekt vorbereiten, wenn sie doch mal fragten. Damit gaben sie sich zufrieden. Trotzdem war ihr, als verheimliche sie einen Makel. Wie sie dieses dicke schwarze Haar verbarg, das ihr eines Tages aus dem Kinn wuchs und das sie ausriss, sobald es sich an der Hautoberfläche bemerkbar machte.

Sie empfand Schönheit, auch etwas, das sie für sich im Geheimen Liebe nannte, aber sie verstand trotzdem nichts. Zeit, die sich vor einem ausdehnte, wie sie füllen? Frieden mit den Schmerzen schließen, aber es war ihr zu schwer, nicht möglich. Keine Antworten verlangen. Was dann? Um nicht zu leiden, nicht leben? Es war ihr, als hätte sie an etwas sehr Lautem teilgenommen und als wäre plötzlich der Ton abgestellt worden. Sie hatte keine Lust, den Ton wieder einzuschalten.

Er schläft immer noch neben ihr im Gras. Vögel fliegen in den fast kahlen Bäumen weiter weg aufgeregt hin und her. Es ist Frühling.

Sie denkt an die letzte Party zurück. Frauen in Chinakleidern und mit kurz geschnittenen Fransen in der Stirn, Männer in Strickjacken und mit schwarzen Hornbrillen. Eine der Frauen erzählte, dass sie auf einem Industrieareal riesige Farbplatten ausstellte, die später von herumstreunenden Kids besprayt wurden, was sie furchtbar aufregte.

Es gibt immer etwas zu sagen, über einen Krieg, der gerade stattfindet, globale Krankheiten, Klimakatastrophen, die verbreitete Unfähigkeit der Menschen, mit anderen gerecht zu sein, oder über die Familie als Ort schwerer Misshandlungen. Es ist alles wichtig. Sie wird das Gefühl nicht los, dass daran etwas faul ist. Als würden sie alle nur heucheln.

Er seufzt im Schlaf. Ein Windstoß trägt den Geruch nach Mittagessen herüber. Der Grashalm in ihrem Mund schmeckt bitter. Ihre Großmutter hatte ihr verboten, Halme in den Mund zu stecken. Sie behauptete, darauf wüchsen giftige Pilze. Strahlenpilze, nannte sie sie. Viele Sätze ihrer Großmutter begleiten sie. Im Wald rieche es so gut nach Ozon, hat sie auch manchmal gesagt. Ozon sei sehr gesund. Sie bombardierte sie mit Sprichwörtern, die sie nie mehr vergessen konnte, obwohl sie sie lieber vergessen hätte. Sie sang ihr auch Lieder vor, zum Beispiel dieses: »Warte, warte noch ein Weilchen, dann kommt Haarmann auch zu dir, mit dem Hacke-Hackebeilchen macht er Leberwurst aus dir.«

Fast alles ist Behauptung. Wie auf der Bühne. Es funktioniert, solange alle mitmachen und das Geschehen als Wahrheit akzeptieren. Aber wenn man ehrlich ist, könnte alles genauso gut ganz anders sein.

*

Sie mag seinen Schlaf. Sie betrachtet seine Ohren. Es sind perfekte, zarte Ohren, wie gemacht für die Abbildung in einem Anatomiebuch, beide genau gleich. Ihre eigenen Ohren sind verschieden. Das eine hat eine Krümmung weniger als das andere, und auf gleicher Höhe sind sie auch nicht. Wenn sie Kinder gehabt hätten, dann hätten sie seine Ohren bekommen sollen. Wenn er schläft, scheint alles zwischen ihnen möglich zu sein, vielleicht sogar das mit den Kindern. Er sieht nicht aus, als wohne dieses dunkle Etwas in ihm, von dessen Existenz sie überzeugt ist. Er sieht aus, wie sie sich selber fühlt, ein Mensch halt.

Lange hat sie sich gefürchtet, dem Etwas zu begegnen. Jetzt möchte sie es. Sie will, dass es sie anblickt. Noch ein Mal. Und vielleicht würde sie es besiegen können, vertreiben oder sogar töten.

*

Sie geht mit ihm die Treppe hinab und über den Parkplatz zu dem grünen Auto mit der Beule. Sie setzt sich neben ihn, quetscht die Tasche zwischen ihre Beine. Die Sonne scheint, sie blitzt auf dem Meer, er dreht den Schlüssel, und der Motor springt an. Sie merkt, er ist schon nicht mehr hier. Warum ist aber sie noch da, für so lange Zeit, an diesem Meer und an diesem Ort, dessen Namen ich vergessen habe?

Später lehnen sie an der Theke in einer Autobahnraststätte, essen ein Sandwich. Er stellt sich in die Reihe an der Kasse, bezahlt. Sie sieht ihn von hinten. Er steht neben einer Frau mit einem Seidenschal über den Haaren. Die Frau isst ein Stück Kuchen und versucht, ihren Lippenstift dabei nicht zu verschmieren. Der Klang, den die Kasse von sich gibt, als sie aufspringt, die gedämpften Stimmen, der Mann im Hintergrund, der mit einem Schrubber den Boden wischt, und das Geräusch des nassen Lappens, wenn der Mann ihn über dem Kübel auswringt. Es geschieht viele, viele Male in ihrem Kopf, und es ist immer gleich.

Er steht vor ihr.

»Gehen wir?«, sagt er.

Sie nickt.

*

Es gibt gar keine Geschichten, nein. Sie werden zum Trost erfunden. Die Tage sind in Bilder zerfallen, in Einzelteile ohne Sprache. Wenn man die Bilder zusammenfügen kann, wird alles gut. Die Reihenfolge und den Zusammenhang zu finden, ist die Schwierigkeit. Ein Kind in einem grünen Leibchen steht auf der Straße und versucht, eine Kette um seinen Hals zu schließen. Wohin gehört der Moment? Wenn man den Ort gefunden hat, geht das Bild fort, und man ist erlöst.

*

Es ist dunkel. Eine vollkommene Stille, die zu Verzweiflung oder Euphorie führen kann. Beides ist möglich. Die Luft heiß und feucht vom Atmen vieler Lungen. Bewegungslos in diesem Nichts verharren und auf den Moment warten. Draußen kein Lebenszeichen und doch die fühlbare Gegenwart einer Menge, die sich gleich entscheiden wird. In der Stille fängt ein einzelner Mensch zu klatschen an, zögernd, als stelle er bloß laut die Frage, die still im Raum steht. Gleißendes Licht geht an. Wie ein Frühlingsgewitter prasselt endlich erlösend der Applaus nieder. Zuerst in großen, harten und einzelnen Tropfen. Zusammen mit allen anderen tritt sie auf die Bühne. Eine ganze Flut stürzt jetzt auf sie ein, in der die Leute klatschen und Bravo rufen, sich immer mehr steigern in ihrem gemeinsamen Lärmen, bis sie sich in einer wahren Klatsch-Befreiung befinden, die zu beglücken scheint.

Sie stolpert beinahe, vor ihren Augen tanzen helle Flecken Scheinwerferlicht, und sie klammert sich an die Hand dessen, der neben ihr steht. Sie verbeugen sich, es dauert unendlich lange, dann reißt sie jemand mit sich fort zurück ins Dunkel. Im Zuschauerraum beginnen die Leute zu toben. Sie bleibt auf der Seitenbühne stehen. Menschen, die sie kaum kennt, fallen ihr um den Hals. Plötzlich taucht sein Gesicht auf. Der Direktor der Drachenfestspiele lacht, wie sie ihn noch nie hat lachen sehen. Er kommt auf sie zu und breitet die Arme aus. Sie fürchtet sich vor ihm, wie sie sich in den vergangenen Wochen vor ihm gefürchtet hat. Er umfasst sie, presst sie an sich. Alle anderen verschwinden immer wieder nach draußen ins Licht, begrüßt von immer stärker werdendem Jubel. Dann lässt er sie plötzlich los und stößt sie auf die Bühne. Der Lärm wird lauter, als sie ins Licht tritt. In ihrem Kopf erscheint wie ein Untertitel der Satz: »Sie jubeln dir zu.« Sie versteht ihn nicht. Ihr Körper vollführt Bewegungen, die jetzt anscheinend verlangt werden, ohne ihr Zutun. Verbeugen, lächeln, Schritte vor und zurück. Ihr Körper ist ihr noch nie so fremd gewesen. Alle bewegen sich wie in einem Ballett, und dann ist es vorbei. Die Lichter der Bühne verlöschen, und sie erwacht. Sie hält sich an einer Bahn des schwarzen kühlen Samts fest, der von der Decke hängt, holt tief Luft. So ist er also, der Erfolg. Davon hat sie lange geträumt. Und jetzt hat sie ihn, er ist wirklich geworden, und er ist hier bei ihr. Und im gleichen Augenblick schießt es ihr durch den Kopf: »Das ist es nicht.« Leere breitet sich aus. Sie freut sich nicht. Es ist nicht Glück. Es ist nicht das Ende, nicht die Auflösung, kein gelüftetes Geheimnis. Sie hat sich getäuscht.

*

Ihre Schwäche für Verlierer und Unvernünftige. Menschen, die mit dem Leben nicht klarkommen, nicht akzeptieren, was für alle gilt. Die glauben, die hoffen, für sie gelte etwas Besonderes, die in ihrem Herzen überzeugt sind, das Leben werde mit ihnen eine Ausnahme machen. Und die enttäuscht und wütend, auch ungerecht werden, wenn das nicht passiert. Diese Hoffnung auf einen Ausweg jenseits der Regeln ist für sie Teil der Sehnsucht danach, dass es da draußen etwas Großes gibt, etwas, das einen sieht und erlöst, so wie man von Anfang an ist, ohne dass man sich zuerst anstrengen muss, um etwas anderes zu werden, damit es einen lieben kann.

*

Ich sehe die Boote im Hafen, die sich an den Holzstegen scheuern. Ich sehe, wie sie beide nebeneinander durchfroren am Strand stehen. Sie hat die Hände in den Taschen vergraben. Er schaut aufs Meer hinaus und raucht. Er umarmt sie. Am Abend sitzen sie in der Küche und essen die Pasta, die sie im Schrank gefunden haben.

»Was wird aus uns?«, fragt sie.

»Wir werden sehen«, antwortet er.

Er will mich nicht, denkt sie.

»Was machst du jetzt eigentlich wirklich?«, fragt sie.

»Nichts. Für Geld arbeiten brauche ich nicht.«

»Es gibt auch Leidenschaft. Oder Interesse.«

»Dafür muss man nicht arbeiten.«

»Und was machst du den ganzen Tag?«

»Ich bin frei.«

»Und warum bist du traurig?«

»Ich bin nicht traurig. Oder nicht deshalb.«

»Warum dann?«

»Ich bin nicht traurig.«

Etwas hat sie gerettet. Bis jetzt. Aber das sagt sie nicht. Er merkt es auch so.

*

Autobahn. Sie folgen den weißen Strichen auf der Straße durch die Nacht. Sterne ziehen hinter den Scheiben vorbei, eine zerfetzte Wolke hängt am Himmel über einer Fabrik. Rote Lichter blinken auf den Schloten. Ein Flugzeug fliegt hoch oben nach irgendwo.

Er hält das Steuer, er sieht auf die Straße, er ist so nah und doch weit weg. Sie werden zusammen schlafen, ein paar Nächte lang, und dann werden sie wieder in diesem Auto durch die Nacht fahren, er und sie zusammen, später wieder jeder für sich, der gleiche Blick durch die Windschutzscheibe, allein und schließlich doch mit einem anderen. Es kommt ihr vor, als sei es trotzdem immer der eine, der neben ihr sitzt, wirklich und unwirklich, der nah ist und doch weit weg, nach dem sie die Hand ausstreckt, den sie berührt und jedes Mal von Neuem verliert.

*

Ihr Zug fährt neben einem anderen aus dem Bahnhof. Im anderen eine Frau am Fenster, mit schräg stehenden Augen. Gegenseitig betrachten sie sich, wie sie so nebeneinander herfahren, ohne Lächeln, ohne Widerwillen. Als würden sie sich selbst im Spiegel betrachten. Eine fremde Frau, die sie selbst sein könnte. Plötzlich kommt es ihr sinnlos vor, an einem Ich festzuhalten, dieses zu behaupten. Die Dinge um sie herum haben sich in Bewegung gesetzt, werden unscharf, flüchtig und stecken sie an. Etwas hat sie aus dem, wie es war, herausgerissen, sie ist in Bewegung geraten; zuerst schmerzhaft der Wurzeln beraubt, beginnt sie jetzt, Gefallen an dem Vorgang zu finden. Der Zug, die Geschwindigkeit des Reisens überhaupt, es ist ein Glück darin. Der andere Zug beschleunigt, biegt ab. Sie sieht die andere Frau nicht mehr, aber ein Hund rennt auf einem Feldweg, ein Reh flüchtet über eine Böschung, und ein Bussard dreht seine Kreise, während sie immer noch aus dem Fenster sieht.

*

Nach Hause. Zurück in die Stadt. Dorthin, wo die anderen Ritter sind. Am Ende manchmal in Armen liegen. Tanzen, trinken, rauchen. In Augen hineinsehen, in schwarze Pupillen mit gezacktem Kranz. Durch Straßen mit diesem einen nach Hause gehen. Wenn er mich in seinen Armen hält, dann kann mir niemand mehr etwas antun. Weil, weil Glück das Gewehr zwischen uns ist, das uns erschießt. In der Nacht, und manchmal erst wenn der Morgen dämmert.

*

Eine Stadt, Häuser und Dächer, dieses Fenster im Kopf. Dahinter sitzen wir und reden nicht miteinander. Über uns hängt ein Kronleuchter, brennend und riesig. Vom Ritter neben mir sehe ich den breiten Rücken in dem Hemd mit den weiten Ärmeln, das Hemd für besondere Gelegenheiten, von uns beiden das Hamlet-Hemd genannt. Ich sehe seinen wohlgeformten Hinterkopf mit den blonden Haaren. Er ist schön und hat sich für diesen Abend noch schöner gemacht, ihretwegen, schon klar. Die Frauen haben ihn gern. Bei ihr ist er allerdings nicht sicher, es war von Anfang an schwierig. Er wartet hier auf sie und hat die Arme auf die Knie gestützt, am Boden zwischen seinen Beinen eine Bierdose. Seine Füße stecken heute in Schuhen, die ich noch nie an ihm gesehen habe. Weiches Leder, Schnürschuhe. Sonst trägt er eher grobe Stiefel. Vielleicht will er mit diesen Schuhen heute ein anderer sein.

Er fragte einmal, ob er bei mir übernachten kann, und am Morgen dann diese Unbekannte mit den langen Haaren, die ohne ein Wort in meinem Bad verschwindet und mit ihren langen Haaren den Abfluss verstopft.

Ich halte ein Glas Orangensaft in der Hand. Um uns herum Menschen, die aufgeregt miteinander sprechen und laut lachen, zu laut. Ich kenne niemanden, wirklich niemanden. Die Leute starren uns an. Sie sind unseretwegen gekommen, wir sind ihre Hauptpersonen, auch wenn sie es nicht zugeben, wir haben Drachen gejagt, und nun wollen sie wissen, wie wir aussehen, wie wir sind, wenn wir nicht mehr kämpfen.

Müde, ich bin müde. Hinausgetreten ins Licht, blind gewesen vom Licht, taub vom Klatschen, von den Pfiffen, dem Gejohle. Es ist nicht das erste Mal gewesen. Ich weiß es schon, da draußen ist es nicht, was ich suche, auch da nicht. Es tat beim ersten Mal nicht weh und heute auch nicht. Es fühlt sich an wie doch nicht ankommen. Es meinen und dann merken, nein, es geht weiter, die Straße ist nicht zu Ende, die weißen Striche bis zum Horizont, sie hören nicht auf. Und deshalb weiter durch die Nacht, trinken, lachen, manchmal mit Fremden nach Hause gehen und sehen, ob in ihrer Küche vielleicht Schluss ist.

»Wenn wir ein Bild wären, welchen Titel würdest du uns geben?«

Er mit dem Hamlet-Hemd hat nicht zugehört. Ich klopfe mit der Hand an seine Seite. Er dreht sich halb zu mir um, und ich wiederhole die Frage.

»Hä? Was soll die Frage?«

»Nichts. Nur so. Wie würdest du uns nennen?«

Er überlegt kurz.

»Warten auf Godot.« Er grinst.

»Nein, es muss von dir sein.«

»Zwei. Ah, nein, drei, oje, nein, vier.« Er grinst nicht mehr.

»Und du?«

»Die Verwahrlosten.«

»Das ist zu moralisch. Nicht gut, gar nicht gut.«

»Mich tröstet es aber.«

Er dreht sich weg und nimmt einen Schluck aus der

leeren Dose. Einen Schluck Luft. Ich schaue zur Bar, und da sehe ich den aus der letzten Nacht mit dem Rücken am Tresen lehnen. Den ich geküsst habe. Er sieht zu uns herüber, und ich sehe, er will, dass man es sieht.

»Ich hole dir noch ein Bier«, sage ich. Ich gebe dem Ritter mit dem Hamlet-Hemd mein Glas und bahne mir einen Weg durch die Menschen. Es riecht frisch geduscht, nach Seife, nach Deo, Bodylotion, Rasierwasser und Parfüm. Es riecht nach gründlich und teuer gewaschenen Menschen. Es riecht, als würden diese Körper Dämpfe produzieren, eine schwere Wärme, nah am Kopfschmerz.

Die letzte Nacht steigt auf, da sind Augen, die auf mich zukommen, Haut, Blässe, der Geruch nach Alkohol und unbekanntem Menschen, Augen, so schöne Augen, die sich schließen, ein bisschen leider sind sie zu, das Kratzen auf meinen Wangen und Lippen, die Gänsehaut deshalb, der Druck einer Hand an meinem Rücken.

Als ich mich neben ihn an den Tresen stelle, beugt er sich zu mir und sagt »Guten Morgen« direkt in mein Ohr hinein. Er riecht immer noch nach Alkohol. Und immer noch unbekannt. Wir reden ein bisschen, ohne etwas zu sagen. Das können wir gut. Er tötet Drachen wie ich.

Sie, heute die Hauptperson, kommt und bleibt lächelnd in der Tür stehen, verbeugt sich. Die Leute klatschen. Er stößt sich von der Bar ab, geht, ohne sich noch einmal nach mir umzusehen, auf sie zu. Er schreitet, fast wie ein Cowboy zum Duell. Er umarmt sie. Es bedeutete nichts, sage ich in Gedanken zu ihr. Es geschieht und ist vorbei und ist am Ende nichts gewesen. Es tut mir leid, aber das stimmt nicht. Ich sage es auch in Gedanken nicht. Ich esse nachts zu viel vom Leben anderer Leute.

Ich lasse mich wieder neben den Ritter mit dem Hamlet-Hemd aufs Sofa fallen und gebe ihm sein Bier.

»Sollen wir gehen?«, frage ich.

»Ich will mit ihr sprechen«, sagt er und nimmt einen großen Schluck.

»Jetzt? Der andere ist doch jetzt da.« Er tut, als habe er mich nicht gehört.

Ich mag nicht mehr auf diesem Sofa sitzen. Es ist unser letzter Abend in dieser Stadt, und wir kommen nicht mehr hierher zurück. Es ist vorbei. Ich möchte wegfahren, zusammen hier raus, die Treppe mit dem roten Läufer runterlaufen, ins Auto, weg, Musik hören. Endlich zusammen blöd über alles lachen. Abgefuckt sein und abgefuckte Musik hören, verdammt noch mal. So wie früher auch schon. Aber er will auf dem Sofa sitzen bleiben, rauchen, trinken und warten. Auf den richtigen Moment.

Ich stehe auf und gehe raus auf die Terrasse. Unten fließt ruhig der Fluss. Ich schaue ihm dabei zu.

»Jetzt weiß ich's: Du siehst aus wie von Modigliani gemalt.« Er steht auf einmal hinter mir. Das ist der günstige Moment für den Ritter mit dem Hamlet-Hemd, denke ich. Jetzt kann er mit ihr sprechen. Jetzt, da dieser hier bei mir ist und sie betrügt, könnte jener ihn mit ihr betrügen. Oder sie ihn mit jenem. Es ist kompliziert, aber das wissen nur der Ritter mit dem Hamlet-Hemd und ich. Das meinen wir jedenfalls.

»Wir müssen nicht reden, besser nicht. Sonst ist es kaputt«, sage ich.

»Es war sehr schön. Aber heute Abend gibt es nur sie. Der Abend heute gehört ihr«, sagt er.

Er legt seine Arme auf meine Schultern und schaut über mich hinweg aufs Wasser. Durch die Scheibe sehe ich sie kommen. Sie hat bemerkt, dass er auf die Terrasse rausgegangen ist. Drinnen ist es hell, wir sind im Dunkeln, aber gleich wird sie uns sehen. Er spricht immer weiter. Ich unterbreche ihn. Im letzten Moment.

Ich schaue lange in den Spiegel. Aus dem Klofenster schaue ich auch. Man sieht ein Stück Straße und keinen Himmel. Ich stehe an der Bar herum, auf der Terrasse, blicke immer wieder ungeduldig auf den Ritter mit dem Hamlet-Hemd. Er wartet immer noch.

Endlich vor uns die roten Rücklichter der Autos auf der Autobahn.

»Tut es weh?«

»Ja«, sagt er. Mit seinen Rehaugen starrt er auf die Straße.

»Sie«, sage ich.
»Da war schon was«, sagt er.
»Was?«
»Mehr.«
»Und Emmy?«
»Wir werden wohl bald wieder zusammen sein.«

Ich denke an Musik. Wir mögen die gleiche Musik. Er hat keine CD eingelegt. Es ist besonders, weil wir keine Musik hören. Es ist besonders zwischen uns, weil nichts zwischen uns passiert, nie.

*

Aufwachen neben Fremden in fremden Zimmern in fremden Häusern in fremden Straßen. Unbekannte Küchen und Badezimmer. Die Augen aufschlagen und nichts wissen von dieser Wohnung. Und dann kommen die Bilder doch wieder zurück. Ich höre auf, diesen Moment zu mögen. Die Gespräche, die ihm folgen. Meine kalten Füße auf kaltem Boden. Es lieber sein lassen. Lieber in der Nacht davonschleichen. Ich suche meine Kleider zusammen. Vorbei an den Schuhen im Gang in der Wohnung, große und manchmal kleine, und vor all den anderen Türen im Treppenhaus. Hinaus auf die Straße, kein Mensch weit und breit. Durch die Stadt nach Hause, endlich nach Hause. Am blauen Fenster sitzen. In Socken den Sternen am Himmel beim Wandern zuschauen, auch dann noch, als schon längst keine mehr da sind.

*

Eine weitere Runde in diesem Spiel, sie können es nicht lassen, später, als sie sich für den nächsten Kampf wiedersehen.

Sie trifft den anderen an der Bar, er trinkt Whiskey und weiß von nichts. Er meint zu haben, was er will. Oder vielleicht doch nicht? Sie schnorrt sich eine Zigarette, und er zündet sie ihr an. Sie lächelt ihm zu und sagt nichts. Sie sieht, was er denkt. Er raucht, trinkt und lächelt nicht. Ob er übermorgen zu ihr ans Drachenfest komme, fragt sie. Vielleicht, sagt er.

Eine Zeit lang habe er sehr viel getrunken, erzählt er mir. Er sei dann überallhin mitgegangen. An viel habe er sich später nicht mehr erinnern können. Aber es habe ihm gefallen, morgens aufzuwachen und nicht zu wissen, wo er ist. Die fremden Zimmer, die unbekannten Wohnungen. Morgens herauszufinden, wo er gelandet ist. Diese unbekannte Welt am Morgen, das habe ihm gefallen. Ich schweige, sage nicht, dass es bei mir inzwischen genau andersherum ist.

*

Jemand hat einen Film von uns dreien gemacht. Von Samuel, seinem Bruder und mir. Wir tanzen und lachen, im Hintergrund das Klavier. Samuel ist ganz ausgelassen. Man sieht uns alle drei, aber nur er schaut die ganze Zeit in die Kamera. Er scheint glücklich zu sein.

Ich kann diesen Film im Wohnzimmer an die Wand projizieren. Eines Abends bin ich aufgestanden und habe mit ihm getanzt, ihn an der Wand berührt, mit ihm gelacht. Ich bin mit ihm glücklich gewesen. Das war schön. Schöner als damals, als es wirklich passiert ist.

Wenn es mir nicht gut geht, mache ich es wieder. Heimlich. Ich schäme mich dafür. Aber es ist schön. Tanz mit der Vergangenheit, nenne ich es.

*

Er ist nicht ans Drachenfest gekommen. Ich liege allein im Bett und kann nicht schlafen. Das Geräusch der Autos, die durch den Regen fahren. Die ganze Nacht hat es geregnet. All der Blütenstaub des Frühlings in der Luft, ich stelle mir vor, wie er sich auf dem Wasser schwimmend im Rinnstein sammelt und als heller Schaum in der Kanalisation verschwindet. Der Kater hat sich am Fußende in die Decke gekringelt. Er zuckt im Schlaf.

Das Brotmesser auf dem Holztisch in der Küche in diesem Haus im Wald, in dem wir vor langer Zeit einmal waren. Die Krümel des Brots drum herum. Ich bin frühmorgens aufgewacht, alle schliefen noch, und ich stand leise auf, ich hatte Durst. Und dann habe ich das Messer auf dem Küchentisch liegen sehen. Warum weiß ich das noch? Weshalb versteinern einzelne Bilder in meiner Erinnerung, ohne dass ich ihre Bedeutung verstehe, und anderes wird schnell und unwiederbringlich gelöscht?

*

In der Nacht hatte ich einen Traum. Ich saß am Fenster und sah auf den Garten, auf Landschaft und Himmel. Der Baum links, der stört, der muss weg, dachte ich. Da sollte ein Wald sein. Und die Blumen sind zu klein, größere wären schöner, und wegen des Strauchs rechts sieht man nicht weit genug. Es war ungefähr gegen Mittag, und ich stellte mir vor, ich würde dies alles lieber im Morgenlicht betrachten, wenn die Sonne gerade aufgeht und die Strahlen schräg einfallen und die Landschaft in dieses spezielle Licht getaucht ist, das ich so mag. Als ich aufwachte, dachte ich: Ich habe im Traum eigentlich alles kaputt gemacht.

*

Sie will den nicht mehr, den ich will, und den Ritter mit dem Hamlet-Hemd will sie auch nicht. Sie will einen anderen, einen, der aus einer anderen Nacht gekommen, aber nicht geblieben ist. Der, den sie nicht mehr will, will vorläufig überhaupt niemanden mehr. Was ich will, möchte ich vergessen.

Verwahrlost. Sind wir das? Wir leisten keinen Widerstand und gehen durch Türen, die offen stehen.

*

Er hat angerufen. Ich rufe nicht zurück. Es hat sich nichts verändert. Alles ist wie damals. Aber es ergibt keinen Sinn mehr. Er wird es verstehen, rede ich mir ein.

Die alte Passstraße. Vom Norden in den Süden. Die Spur der Wagenräder, der Kufen im Stein, diese Straße kann heute niemand mehr befahren. Eines Tages war es der letzte Wagen, der über sie hinwegrollte. Der, der diesen Wagen gelenkt hat, wusste bestimmt nicht, dass er der Letzte ist. Und dann wurde die alte Straße von Gebüsch überwuchert.

Wir könnten uns sehen, wir wissen noch voneinander, aber wir sind nicht mehr da.

*

Wer warst du? Nachts in der fremden Stadt ankommen. Eine Bar in einer dunklen Straße. Das Trottoir, das im Regen glänzt. Der Kellner, der mit einem Lappen den Tresen abwischt, für immer. Er klopft den Kaffeesatz aus dem Kolben, und dann riecht es nach frisch gebrühtem Espresso. Das Klicken eines Feuerzeugs. Der Geruch von Rauch in der Luft. An der Bar lehnen. Kaum Worte, und an die wenigen erinnere ich mich nicht. Nur an den Luftzug, der unter der Tür hereinweht.

Das Geräusch der Schuhe auf dem Asphalt, als wir zum Auto gehen. Das Anspringen des Motors. Die Straße in der Nacht vor uns. Immer diese Straße in der Nacht. Wir kommen niemals an, sind nur immer unterwegs. Um uns die ewig fremde Stadt, die schläft. Der Blick auf Laternen, ein beleuchtetes Haustor, einen verlassenen Innenhof, rundherum verschlossene Fensterläden. Einer von uns macht die Musik an. Unsere Gesichter und unser Schweigen hinter der Windschutzscheibe. Wir stehen still und glauben zu fahren. Wir wittern. Wir warten beide auf diesen einen Moment. Wir wollen Beute machen. Wir finden dort, wo nichts ist, wonach wir suchen. Wir berühren, was es nicht gibt. Es ist nur ein einzelner Moment hier in diesem Auto, doch der ist uns genug. Und dann regnet es wieder, es regnet die ganze Nacht.

*

Ich wache auf, weil ich Hunger habe. Ich liege in einem Kinderbett. Vor dem Fenster Berge. Der mit dem Hamlet-Hemd liegt neben mir auf dem Rücken und atmet ganz flach. Er sieht aus wie tot. Mein Magen knurrt. Mir fällt das Gemüsebeet im Garten ein. Ich versuche, geräuschlos aus dem Bett zu gleiten, schleiche mich aus dem Zimmer und die Treppe hinunter. Ich werfe einen Blick ins Wohnzimmer und bleibe stehen, werfe einen zweiten Blick hinein. Der Freund von dem mit dem Hamlet-Hemd sitzt vor dem Fenster im Schaukelstuhl. Er hat mich nicht gehört. Er sieht zu den Bergen hinüber, schaukelt dabei vor sich hin. Ich glaube zu sehen, dass er weint. Ich lege die Hand an den Türrahmen, ich will etwas sagen, aber ich sage nichts.

Gestern sind wir hier raufgefahren. Die Drachensaison ist vorbei, und die Abschiede liegen hinter uns. Vielleicht werden wir uns im Herbst wiedersehen. Jetzt ist Sommer, die Zeit der Ruhe, aber auch die Zeit der Goa-Partys. Mal sind sie in Industriegebieten, mal im Wald oder hoch oben in den Bergen. Sie zu finden, ist ein Teil der Herausforderung. Ich sitze auf dem Rücksitz eines Autos, vor mir der mit dem Hamlet-Hemd und sein Freund, zwei Übriggebliebene wie ich.

»Kommst du mit?«, hat mich der mit dem Hamlet-Hemd gefragt, und ich habe Ja gesagt. Warum bloß? Um nicht zu Hause mit dem Kater allein zu sein. Wahrscheinlich. Im Auto sprechen wir wenig, vielleicht weil wir die ganze Zeit Musik hören. Im Grunde ist mir Stille lieber, auch wenn ich ihr entkommen wollte. Stille tönt, finde ich. Wenn es wirklich, wirklich still ist, dann ist da ein tiefes Brummen hinter der Welt oder im eigenen Ohr.

Der Freund, der am Steuer sitzt, mag mich nicht, das habe ich beim Einsteigen gemerkt, und ich mag ihn auch nicht. Ich weiß nicht, wer von uns beiden damit angefangen hat. Es ist möglich, dass wir uns gleichzeitig von Beginn an nicht mochten. Ich denke, es ist nicht so wichtig.

Wir verlassen die Autobahn, fahren durch die Do-it-yourself- und Gartencenter-Welt vor der Stadt. Bei einem Fabrikgebäude halten wir. Das Gebäude wirkt düster, in einem einzelnen Kellerfenster brennt ein Licht. Sie fragen mich, ob ich im Auto warten wolle. Ich will nicht.

Wir steigen aus, und sie klingeln an einer Eisentür.

Ein Typ mit Hoodie kommt nach einer Weile über den Hof geschlurft. Ihm folgt ein Hund, der uns schwanzwedelnd begrüßt. Ich streichle ihn, obwohl er stinkt und an seiner Schnauze ein Speichelfaden hängt. Sie fragen mich noch einmal, ob ich nicht lieber hier warten wolle. Ich schüttle den Kopf. Wir gehen um das Gebäude herum, steigen auf der Rückseite über eine Treppe, die von Brombeeren überwachsen ist. Sein Freund bleibt mit einem Hosenbein in den Ranken hängen und flucht. Das passt, denke ich. Alle Ranken dieser Welt verfangen sich sicher in seinen Hosenbeinen.

Drinnen bleibt der Typ mit dem Hoodie vor einer Tür stehen. »Hier«, sagt er und schlurft mit dem Hund davon. Sie klopfen. Ich lehne an der Wand hinter den beiden. Ich finde sie jetzt seltsam, wie aufgeregte Kinder. Ich bin auf einer Art Expedition in ein anderes Leben, sage ich mir.

»Ja«, antwortet jemand von drinnen. Der Freund öffnet die Tür, und wir betreten ein Labor. Flaschen, Reagenzgläser, Kolben, Plastikbehälter mit Aufschriften.

Hinter einem Tisch sitzt ein Mann mit Brille und Bart. In der Hand hält er einen Löffel. Er zeigt damit auf die Stühle vor seinem Tisch. Die beiden setzen sich. Ich bleibe im Hintergrund stehen. Der, der mich nicht mag, schiebt Geld über den Tisch. Der Mann lässt es in einer Schublade verschwinden. Er steht auf und holt etwas. Als er zurückkommt, stellt er zwei Becher vor die beiden hin. Er setzt sich wieder hinter den Tisch, nimmt den Löffel und klopft damit leise an die Tischkante. Er wartet. Die beiden starren die Becher an. Der mit dem Hamlet-Hemd trinkt als Erster, leert den Inhalt in einem Zug. Bei seinem Freund dauert es länger. Schließlich nimmt auch er den Becher und trinkt.

Wir fahren nicht mehr auf der Autobahn, sondern auf Nebenstraßen. Einmal Kühe, friedlich auf einer Wiese grasend. Ich weiß nicht, wie lange wir schon unterwegs sind, als wir endlich die Berge erreichen. Riesen, die schwarz in den noch samtblauen Himmel ragen, während wir an ihnen hinaufkriechen. Der Freund fährt immer langsamer, ich glaube, ich könnte zu Fuß neben dem Auto hergehen. Er hält plötzlich vor einer Felswand an, lehnt den Kopf gegen das Steuerrad.

»Ich kann nicht mehr.«

Ein anderes Auto fährt an uns vorbei.

Die beiden stehen vor dem Wagen, Schattenrisse im Scheinwerferlicht. Der Freund stützt sich mit beiden Händen auf die Kühlerhaube, und ich sehe, wie der andere eine Zigarette dreht, sie anzündet. Vielleicht ist es ein Joint. Die Flamme erhellt sein Gesicht. Er bietet seinem Freund einen Zug an, der winkt ab. Ich sitze im Warmen und sehe ihnen durch die Scheibe zu. In einem Fach in der Autotür sind Kekse. Ich esse einen. Er schmeckt alt und staubig.

Der Freund lässt sich auf den Beifahrersitz fallen. Er lehnt den Kopf ans Seitenfenster.

»Ist dir schlecht?«, frage ich.

Er antwortet nicht. Vielleicht ist er eingeschlafen. Der mit dem Hamlet-Hemd setzt sich ans Steuer. Seine Augen im Rückspiegel, die auf die Straße schauen. Er raucht den Joint zu Ende, den ich jetzt riechen kann, schließt die Tür und schaltet die Musik wieder ein. Geduldig sucht er nach einem bestimmten Stück auf der CD. Als er es gefunden hat, fährt er los.

Von Weitem hören wir die Bässe. Die ganze Welt um uns hat Herzklopfen. Überall Zelte am Abhang. Weiter oben entladen sich Blitzgewitter farbiger Scheinwerfer. Eine Menge Leute, die tanzen. Es ist laut, sehr laut. Ganz kurz denke ich an die Tiere im Wald. Am Himmel der Mond, stoisch und blind.

Der Freund steigt aus, legt sich neben dem Auto ins Gras. Ich gehe ums Auto herum, versuche mit ihm zu sprechen. Er liegt mit geschlossenen Augen auf dem Rücken und antwortet nicht.

»Was machen wir jetzt?«, frage ich den anderen.

Er zuckt mit den Schultern.

»Wir können ihn doch nicht einfach liegen lassen«, sage ich.

»Ich sehe in einer Stunde nach ihm.« Er dreht sich um und läuft mit großen Schritten Richtung Musik. Das Gras ist nass vom Tau. Ich habe keine Lust, allein bei seinem Freund zu bleiben. Ich schlendere zu den Zelten, wo es ruhiger ist. In den Bäumen hängen Lichterketten. Ein paar Leute tanzen barfuß auf Teppichen.

Plötzlich ein lautes Kratzen aus der Anlage, die Musik bricht ab. Das Knistern einer Nadel, die auf eine Vinylplatte trifft, Knacken wie von einem alten Plattenspieler und dann ein altes Lied. Alle haben zu tanzen aufgehört. Einige beginnen zu lachen. Vorher war die Musik cool, jetzt ist sie Ironie. Ich werde traurig.

Ich hätte wirklich viel lieber damals gelebt, ich wäre sehr gerne nach San Francisco gegangen, in der Sommerszeit und mit Blumen in den Haaren. Die netten Leute in den Straßen von San Francisco hätte ich gerne kennengelernt. Ich finde es traurig, dass es nicht geklappt hat, das mit dem Frieden und der Liebe und den Blumen in den Haaren. Diese Hoffnung gehabt zu haben, das hätte ich gern.

Ich mag nicht tanzen. Ich lege mich auf einen Teppich in einem der Zelte und trinke von dem süßen Chai-Tee, den sie hier verkaufen. Irgendwann schlafe ich ein. Als ich erwache, dämmert der Morgen. Ich mache mich auf die Suche nach meinen zwei Begleitern.

Vor einem der Zelte treffe ich seinen Freund.

»Wo ist er?«, fragt er mich. Es klingt vorwurfsvoll.

Ich zucke mit den Schultern. Er dreht sich um und will gehen, verfängt sich aber in einer Lichterkette. Er wirft mir einen Blick zu, als wäre es meine Schuld, und verschwindet zwischen den Bäumen.

Den anderen finde ich schließlich tanzend auf einer fast leeren Wiese in den ersten Strahlen der Morgensonne. Sein Freund sitzt am Rand in einem alten Autosessel und sieht ihm zu. Es dröhnt noch immer aus den Lautsprechern. Leute liegen zwischen weggeworfenen Bechern und Dosen im niedergetretenen Gras herum. Ein paar schlafen, sehen aus wie sterbenskrank. Der Freund rappelt sich aus dem Sessel hoch und kommt zu mir.

»Also, ich gehe jetzt zum Auto. Entweder ihr kommt mit, oder ihr geht zu Fuß«, schreit er mir ins Ohr.

»Wohin willst du?«

»Dorthin.« Er zeigt auf ein paar Häuser auf der anderen Seite des Tals. »Ich habe die Schnauze voll. Alles Scheiße!« Dann stapft er davon.

Der mit dem Hamlet-Hemd tanzt immer noch. Ich stelle mich vor ihn hin. »Hörst du mich?« Er öffnet die Augen.

»Hey, hallo.« Er hält sich an mir fest. »Wo warst du denn die ganze Zeit?« Ich zeige in Richtung der Zelte.

»Geil hier, nicht?« In seinen Augen flackert es.

»Komm, wir müssen gehen. Dein Freund ist gerade weggefahren.«

»Nein!«

»Hey, es ist Morgen! Es ist vorbei. Sollen wir zu den Zelten gehen? Da können wir etwas trinken.« Er schaut sich um, betrachtet die Leute im Gras. Er will fliegen, vermute ich. Es ist das, was ich zu verstehen glaube. Diese Sehnsucht, die einen von allem forttreibt.

In einem der Zelte dampft Tee in einem Kessel. Wir kaufen zwei Becher und setzen uns damit in die Morgensonne.

»Ist er sauer?«, fragt er.

»Ja.«

»Ist nicht weit, ich weiß, wo er ist. Das Haus von Verwandten.«

Leute, Zelte, Abfall, Pisse, Kotze im Gras. Wir lassen alles hinter uns. Er verlässt den Weg, läuft über eine Wiese. Dahinter der Wald. Dort ist es kühl. Der Geruch nach Tannennadeln und Erde. Flechten hängen von den Bäumen.

*

Ein Gesicht in den Bäumen. Manchmal von Weitem ein Schuss. Ich krieche durchs Unterholz und höre die Äste knacken. Ein Haus, das ist ein Ort mit Steinen drum herum. Ich gehe hinein, und dann hat das Haus keine Türen, keine Fenster mehr. Es sieht schön aus, wie ein Haus von Malewitsch. Der Himmel darüber ist blau oder grau. Ich vergesse schließlich, dass ich es bin, die ins Haus hineingegangen ist. Was wollte ich eigentlich hier?

*

Als wir endlich ankommen, ist alles still im Haus. Wir wollen nicht klingeln, um den Freund nicht zu wecken, falls er schläft. Die Tür ist nicht verschlossen. Im Eingang Schuhe, Jacken an der Garderobe.

»Wer wohnt hier?«

»Die sind sowieso nicht da.« Er hat die Küche gefunden. Wir haben beide Hunger, aber der Kühlschrank und die Schränke sind leer.

Neben einer Treppe, die nach oben führt, das Wohnzimmer. Vor dem Fenster, durch das man die Berge sieht, ein Schaukelstuhl. Ein Ofen in einer Ecke und davor ein Schaffell. Oben offene Türen, zum Bad und zu einem Schlafzimmer. Eine dritte Tür ist geschlossen. Wir sehen uns an, legen den Finger auf den Mund und gehen auf Zehenspitzen daran vorbei.

Schließlich finden wir ein Kinderzimmer mit einem Bett, das zum Glück gerade groß genug für uns beide ist.

Etwas in meinem Leben kippt, langsam, unmerklich.

*

Flucht in die Stadt. Ihre Stadt. Die Auserwählte. Die hübschen Mädchen gehen vorbei, verschieden und gleich, ihre duftenden Haare, ihre langen Beine, ihr leichtes Schweben über dem Trottoir, vor den Cafés, flüchtige Geschöpfe, zerbrechlich, irgendwann zerbrochen, aber jetzt noch nicht. Seifenblasen, die sich aus dem Ring gelöst haben, vollkommen in diesem Augenblick, schöner als alles auf dieser Welt. Wer kann sich ihnen entziehen?

Ein Buchladen. Tische mit Büchern. Auf einem Umschlag ein lächelnder Mönch, der mich anstrahlt. Vielleicht versteht er von irgendetwas mehr als ich. Er ist tot, gestorben vor drei Jahren. Er wollte sterben, hat sich hingelegt, und dann ist er gestorben, das steht im Klappentext. Ich schlage eine Seite auf. Er spricht von einem Fluss, in dem Mönche und Mädchen baden. Besonders hübsche Mädchen. Weil er sie so hübsch findet, springt er zu ihnen in den Fluss, obwohl er nicht schwimmen kann. Er denkt, es wird ihn jemand halten. Es hält ihn aber niemand. Er geht unter und sieht die langen Beine der hübschen Mädchen im Wasser. Er zieht eine wichtige Konsequenz aus diesem Erlebnis, die ich vergessen habe. Er ist jedenfalls nicht ertrunken.

Schiefe Trottoirs, zwischen den Pflastersteinen quillt Sand hervor. Kühle strömt aus einem Kellerfenster, es riecht nach alten Mauern und einem Putzmittel, das es nur hier gibt. Es riecht sauber und sehr alt.

Ein Mann sitzt im Fenster eines Waschsalons, wartet auf seine Wäsche und isst Erdbeeren aus der Schachtel auf seinen Knien. Elegante Frauen gehen an der Seite rotgesichtiger, dicker Männer. Kolosse, die sich sicher fühlen, wie Öltanker, die sehr viel Platz brauchen.

Nur etwas kann mich vor dem Fall in den Brunnen in mir retten. Ich spreche den ganzen Tag fast nichts. »Bonjour.« »Au revoir, merci.« »Ça fait combien?« »Ça sent bon ici. Qu'est-ce que c'est?« All die Augen, die durch mich hindurchsehen.

Wünsche erfüllen, alle. Ich kaufe zwei Paar Schuhe, das ist es, was der Verkäufer will. Er lächelt mich an, wünscht mir einen schönen Aufenthalt, hält mir die Tür auf.

Eine Frau kommt auf mich zu.

»Vous êtes Anne Valère?«

»Non«, sage ich.

»Oh, pas du tout?«

»Non.« Ich bin kein bisschen Anne Valère.

Ich muss an eine Begegnung denken, an den Sommer damals, als wir ab und zu zusammen unter den Kastanien saßen. »Es leben ungefähr 200 000 Hunde in dieser Stadt«, sagte er.

Er beugte sich dabei vor, sprach eindringlich, und der beißende Geruch seiner Zigarette, mit der er vor meinem Gesicht herumfuchtelte, stieg mir in die Nase: Ich solle mir vorstellen, wie eines Tages all diese Hunde auf einem der Plätze der Stadt zusammentreffen und gemeinsam auf einem der Boulevards Richtung Fluss rennen. Er machte eine Pause, sah mir in die Augen, wie um das Bild zu sehen, das er in mir heraufbeschwören wollte. Er hat mir damals bestimmt auch von seiner Arbeit erzählt, wo er wohnte, wie er lebte und anderes. Aber ich kann mich nur noch an das mit den Hunden erinnern. Und jetzt ist er tot, einfach nicht mehr da.

Das Gitter vor dem Café ist zur Hälfte heruntergelassen. Ein Farbiger scheuert den Boden, die Sonne spiegelt sich im nassen Pflaster. Die obligaten Korbstühle, aufgetürmt, aber aus Plastik. Geräusche hinter der Theke, die kleinen runden Tischchen. Die Straße ist mit Autos verstopft, dazwischen Motorroller, auf denen Männer in Anzügen sitzen, sie kürzen den Weg übers Trottoir ab. Eine Frau mit stark geschminkten Augen. Ich stelle mir vor, wie sie vor einer halben Stunde aufgewacht ist, sich auf den Bettrand setzte und einen Moment dort sitzen blieb, das zerwühlte Bett hinter ihr und darin ein Mann mit zerzausten Haaren. Dann ist sie barfuß ins Bad gegangen. Der Mann liegt mit halb offenen Augen in den Kissen, träumt, während das Wasser rauscht.

Einer mit zwei schwarzen Hunden geht an mir vorbei. Ich sage »Hallo«. Er ist erstaunt. Starrt mich aus einem zerknitterten Gesicht an. Er versucht, etwas zu verstehen, aber es gelingt ihm nicht.

Später treffe ich einen Faun. Oder er trifft mich. Er riecht nach Rasierwasser und teurem Leben.

»On ne se verra plus jamais. On peut tout se dire«, beginnt er.

Er sagt, dass er glücklich sei. Jeden Tag. Dass es zu viel Mühe mache, unglücklich zu sein. Es gebe so viele

Dinge, so viele Menschen. Ist es das, was man sich sagen kann, wenn man weiß, dass man sich gleich niemals wiedersehen wird?

Er lügt auf jeden Fall, versucht, mich zu umgarnen, aber ich kann deshalb endlich wieder atmen, lachen. Sein Unernst, seine Falschheit nehmen mir die Schwere. Nicht leicht zu erklären. Ich weiß nur, dass es so ist. Er will mit mir schlafen, das sagt er sofort und direkt. Ich habe ein bisschen Lust, weil er so frech ist, aber es ist mir zu anstrengend. Das Nebeneinandergehen, das Fahren in einem Aufzug, sich auszuziehen, der Geruch eines fremden Körpers, nein. Keine Lust auf so viel Wirklichkeit.

Er haucht mir ins Ohr:

»J'aime la vie secrète.«

Wir spielen zusammen, in unseren Worten, in der Luft, über die Köpfe der Leute hinweg.

*

Wir sitzen an einem der Tischchen vorne am Fenster. Aus den zwei Tassen vor uns steigen kleine Wolken auf. Menschen hasten auf der Straße vorbei und sehen uns nicht. Eigentlich möchte ich ihn nur ansehen. Er dreht sich eine, die er gleich rauchen wird. Wie aus einer anderen Zeit. In seinen Haaren erkenne ich die letzte Nacht. Denkt er daran? Ich möchte die Leute durch die Scheibe küssen, ihnen zuwinken und lachen. Geht es ihnen auch so gut? Ich habe Glück aus ihm genommen und weiß nicht, was ich damit machen soll.

Andere sitzen heute an diesem Tischchen, und ich bin es, die draußen vorbeigeht. Vorne am Kiosk kaufe ich eine Zeitung. Ich werde sie wahrscheinlich nicht lesen. Ich kaufe sie, weil ich es mag, an diesem Kiosk in einer Schlange zu stehen. Ich könnte stundenlang zusehen, wie die Leute dort Zeitungen oder allerlei Krimskrams kaufen. Es gibt ein altes Foto von diesem Kiosk und von dieser Ecke, das vergilbt an einer Wand im Café gegenüber hängt. Der Kiosk frühmorgens, es ist noch kein Verkehr. Ein Mann in Schlaghosen sprintet in der Morgensonne am Kiosk vorbei auf die andere Straßenseite. Jemand, der an diesem Tischchen saß, hat das Bild aufgenommen. Es sollte viele solche Dinge geben, die ewig sind, die vor uns da waren und die da sein werden, wenn es uns nicht mehr gibt.

*

Den Tod stelle ich mir manchmal wie das Erwachen aus einem Traum vor. Nur würde ich aus dem Leben erwachen. Was für seltsame Sachen habe ich in dieser Nacht geträumt, würde ich denken, und wie unverständlich doch alles war. Das ist die schönste Vorstellung vom Tod, die ich habe.

Der Körper sei sowohl auf die Geburt als auch auf den Tod vorbereitet, sagt die Frau auf dem Bildschirm eindringlich, es sei alles da, sowohl für das eine als auch für das andere, genau gleich. Die Frau begleitet Sterbende.

Und ja, sie ist sicher viele Male dabei gewesen, aber sie hat es dennoch nicht selbst erlebt. Wie niemand. Es wäre ihr lieber gewesen, sie hätte der Frau einfach glauben können. Aber so war sie nicht. Für sie blieb immer alles möglich und am Ende auch nichts.

Aus dem Dunkel kommen und ins Dunkel zurückgehen. Ist Woher und Wohin derselbe Ort, oder sind es verschiedene? Warum diese Sprachlosigkeit vor dem Anfang und nach dem Ende? Was ist der Sinn dieses Unwissens darüber, worum es eigentlich geht?

*

Ich weiß nicht, ob ich träume. Ein Zimmer, leer, bis auf einen Schrank. Seine Türen öffnen sich, und ich kann hineinsehen: ein Dschungel, Bäume, in denen Nebel hängt, großblütige Blumen, die Schreie der Affen und Papageien, eine grüne Schlange, die sich an einem Ast entlangwindet. Ich weiß, da habe ich gelebt, das war mein Zuhause. Mit beiden Händen schließe ich die Schranktüren. Gedämpft höre ich die Geräusche des Dschungels dahinter.

Im Zimmer ist es sonst still, nichts rührt sich. Ich trete ans Fenster. Dahinter eine karge Landschaft aus Geröll, durch das ein Weg führt, ein Trampelpfad.

Es ist vorbei, das weiß ich. Es gibt keinen Weg zurück in den Schrank. Es wäre sinnlos, sich dagegen aufzulehnen. Die Drachen, ich werde sie nicht mehr jagen. Ich werde nicht mehr so weit reisen.

Ein Mann steht neben einer Kiefer. Er winkt und lächelt. Ich gehe aus dem Zimmer und hinunter zu ihm. Wir werden zusammen den Weg durch dieses karge Land gehen. Wir nehmen nichts mit, nur uns beide.

*

Das weiße Haus meiner Großmutter mit den grünen Fensterläden. Als sie starb, kaufte es mein Onkel der Familie ab, die Anspruch darauf gehabt hätte. Niemand, außer ihm, wollte es haben. Ich auch nicht, ich hätte das Geld dafür sowieso nicht gehabt und nicht gewusst, was ich damit hätte machen sollen. Viel wert war das Haus wohl schon damals nicht. Es liegt etwas außerhalb eines ziemlich hässlichen Dorfs auf dem Land und ist wirklich sehr klein.

Mein Onkel wohnte nie darin. Ab und zu fuhr er dort vorbei und sah nach dem Rechten. Das war's. Als er starb, erbte ich zu meiner Überraschung das Haus. Mein Onkel und ich hatten keine tiefere Beziehung zueinander gehabt. Ich hätte ihn gerne gefragt, weshalb ausgerechnet ich, aber es war zu spät, er war tot.

Der Apfelbaum stand noch im Garten, zwar altersschwach, etwas schief und mit wenig Laub an den Ästen. Die Zypresse war verschwunden. Vielleicht hatte der Sturm sie geknickt, oder sie war krank geworden und mein Onkel hatte sie fällen müssen. Ein verfaulter Strunk ragte aus der Erde, wo sie gestanden hatte. Ich glaube fast, mir wäre es lieber gewesen, das Haus wäre an ihrer Stelle abgebrannt oder in sich zusammengefallen.

Ich fuhr in eine Gärtnerei und kaufte eine neue. Ich pflanzte sie neben den Strunk, aber ich würde es nicht mehr erleben, in sie hineinschlüpfen zu können.

*

Hinter der milchigen Scheibe eines Ladenfensters eine Bücherwand. Sonne scheint in einem Viereck darauf. Die farbigen Buchrücken wie Farbtupfer eines modernen Gemäldes, vom Boden bis zur Decke. Sie bleibt auf der Straße stehen. Selten geht sie hier entlang und hat den Laden noch nie wahrgenommen. Es ist ein Brockenhaus für Bücher.

Die Frau hinter dem Verkaufstresen grüßt sie kurz, als sie eintritt, dann wendet sie sich wieder den Papieren zu, die vor ihr liegen.

Sie geht zum Regal vor dem Fenster. Immer noch scheint Licht auf die farbigen Bücher. Was sie sieht, erinnert sie an etwas Rhythmisches, an Musik. Musik aus Farben. Der Maler Jean-Michel Meurice fällt ihr ein. Sie zieht das Mobiltelefon hervor, um ein Foto zu machen. Da bemerkt sie einen Schatten hinter sich, einen Mann, der auch vor den Regalen steht. Sie verschiebt das Foto auf später und nimmt wahllos ein Buch heraus. Der Mann zuckt bei ihrer Bewegung leicht zusammen. Sie blättert in dem Buch und hofft, er gehe woandershin. Aber mit Engelsgeduld zieht er jedes Buch vor sich aus dem Regal und untersucht es vorsichtig. Kein Foto also, denkt sie. Auch gut. Sie hat das Foto im Kopf, denkt sie trotzig. Sie stellt das Buch zurück und will gehen.

»Sind Sie sicher?« Der Mann hat sie angesprochen.

Sie versteht ihn nicht.

»Sind Sie sicher, dass Sie es nicht wollen?«, wiederholt er seine Frage.

»Eigentlich schon. Ich habe die erste Seite gelesen, und es hat mir nicht so gefallen.«

»Es ist eine Erstausgabe«, sagt er.

»Ah ja?«

»Ja, schön gebunden, sehr gut erhalten. Wie neu. Sehen Sie?« Er zieht das Buch wieder aus dem Regal und zeigt es ihr von allen Seiten, auch von oben. Sie hat ein Buch noch nie so angesehen, glaubt sie. Fast flüsternd fügt er hinzu: »Und sie verkaufen es für praktisch nichts!« Er zeigt auf den Preis, der mit Bleistift vorne eingetragen ist.

»Warum nehmen Sie es dann nicht?«, fragt sie ihn.

»Ich habe es mir überlegt, aber ich habe es schon.« Bedauernd zuckt er mit den Schultern. Während er mit ihr spricht, streicht er sanft über den Einband des Buchs. Seine Augen, jetzt im Sonnenlicht, das hereinfällt, sind grün und warm. Und verletzt, denkt sie.

»Sie lieben Bücher?«, fragt sie.

»Ja, ich sammle Bücher.« Er lächelt.

»Dann brauchen Sie Platz.«

»Ich habe nicht viel Platz. Aber ich habe viele Bücher.«

Sie sprechen über Schriftsteller und Schriftstellerinnen, die sie mögen. Am Ende erzählt sie ihm, weshalb sie den Laden betreten hat, aber die Sonne ist hinter einer Häuserzeile verschwunden, aus dem Foto wird nichts mehr.

»Ich komme öfter her. Wenn Sie wollen, kann ich versuchen, das Foto für Sie zu machen, und es Ihnen schicken«, sagt er. Eigentlich mag sie ihm ihre Nummer nicht geben, tut es aber trotzdem.

*

Nach ein paar Tagen schickt er ihr das Bild. Es ist sorgfältig gemacht, ein akkurater Ausschnitt, das Regal ist gleichzeitig der Rahmen. Es ist schön. Sie druckt es vergrößert aus und hängt es in der Küche auf. Sie bedankt sich mit einer SMS. Nach einigen Tagen eine Nachricht auf dem Mobiltelefon: Das Foto eines der Bücher, von denen sie ihm erzählt hat, dass sie sie mag. Eine Erstausgabe, gebunden. »Ich möchte es Ihnen schenken.« Darunter sein Vorname.

*

Ein paar Tage später sitzen sie in einem Café am Bahnhof. Er zieht ein Päckchen aus seinem Rucksack. In verschnörkelter Schrift hat er ihren Namen darauf geschrieben. »Ich habe mich eine Zeit lang mit Kalligraphie beschäftigt«, sagt er fast entschuldigend. Ein fremdes Wesen, eine Art Fabelwesen. Sie ist einem

Okapi begegnet. Er erzählt ihr, dass er nie kocht. Ob er Lust habe, einmal zu ihr zum Essen zu kommen, fragt sie ihn. Er ist erstaunt und sagt zu.

*

Lange steht er in der Küche vor der ausgedruckten Fotografie, die er gemacht hat. Auch vor ihrer Bücherwand bleibt er lange stehen, ohne etwas zu sagen. Während des Essens sprechen sie über Bücher, das ist leicht. Er kennt alles, was sie kennt. Sie kennt nicht alles, was er kennt. Er kennt sich in der Drachenwelt nicht aus. Sie erwähnt sie nur kurz. Dass sie Ritter war, sagt ihm anscheinend nichts. Sie hätte auch Ärztin, Lehrerin oder Buchhalterin sagen können. Berufe scheinen ihn nicht zu interessieren. Aber Bilder interessieren ihn. Sie kennt sich mit Bildern aus, sie liebt Bilder. Um Punkt halb elf steht er vom Tisch auf und sagt, er gehe jetzt.

Sie begleitet ihn zur Tür. Er nimmt seinen Rucksack.

»Willst du nicht bleiben?« Der Satz rutscht ihr heraus. Er dreht sich um und sieht sie fragend an.

»Also, einfach so. Ohne … Ich meine …« Sie hat sich in ihren Worten verirrt. Er überlegt kurz, dann stellt er den Rucksack wieder ab. Beide stehen hilflos vor der Tür im Gang. Dann gehen sie zurück zum Tisch und trinken den restlichen Rotwein.

Sie liegen nebeneinander im Bett, jeder auf seiner Hälfte. Plötzlich ein Sprung aufs Bett. Die Katze ist nach Hause gekommen. »Was war das?« Er ist erschrocken. Sie muss lachen und erklärt es ihm. Schnurrend kringelt sich der Kater unten am Bettende ein.

Er umarmt mich plötzlich und wir halten uns aneinander fest, als könnten wir abstürzen. Das ist alles, und es ist viel. Wir schlafen ein. Wenn ich aufwache, sein Atmen neben mir, seine Wärme.

*

Wir bleiben zusammen. Ritter, die ich lange nicht gesehen habe, laden uns ein.

Wir kommen zur Tür herein. Wir hängen unsere Mäntel auf, stehen in der Küche. Wir sitzen am Tisch. Wir, jetzt zwei Paare. Wir essen, wir reden. Wir lachen. Seit Langem habe ich das erste Mal das Gefühl, normal zu sein. Es entspannt mich. Manchmal verstummen wir einige Sekunden lang. Wissen nicht weiter. Er ist ja neu, er, der mit mir gekommen ist. Wir anderen kennen uns. Wir sprechen nicht über damals. Wir lassen eine Lücke darum herum.

Habe ich euch vermisst? Wahrscheinlich. Ich habe mir ein Leben mit euch vorgestellt. Wie wir am Tisch sitzen und reden. Wie wir lachen, Freunde sind, in einem Traum, damals, auch zu viert.

Jetzt bin ich wieder hier. Zurückgekehrt auf dieses Feld in einem Spiel, das ohne mich weitergegangen ist.

Von der Terrasse aus sieht man über die Stadt. Zwischen den Dächern liegt unsichtbar der See, und weit weg auf den Hügeln blinken die Lichter der Villen der Reichen.

Ob wir noch mehr Dessert wollen? Nein danke. Wir probieren den Rum aus Guadeloupe. Ihr trinkt mehr als früher, denke ich. Der Ritter sagt zu ihr, sie spreche so viel. Ich schaue sie an. Ich bin unsicher. Hat sie früher weniger gesprochen?

Ich bemerke das plötzliche Schweigen am Tisch. Der, der mit mir gekommen ist, sagt, ein Engel sei gerade vorbeigegangen. Ich frage sie, ob sie nicht noch einmal die Geschichte mit dem Nymphensittich erzählen kann, die ich immer so mochte. Sie sagt, sie erinnere sich nur daran, weil ich sie jetzt erwähne, und es ginge nicht, die Aufforderung setze sie zu sehr unter Druck. Und sie wolle jetzt nicht mehr so viel reden. Der, der mit mir gekommen ist, schaut uns an, blickt von einem zum anderen.

Wir ziehen unsere Mäntel an. Wir stehen im Gang vor der Fotografie mit dem Hund. Eines seiner Beine ist rasiert, und man sieht eine frische Narbe. Die Haut drum herum ist bläulich grau, die Narbe rot. Man sieht auch das herausstehende Ende des schwarzen Fadens, mit dem die Wunde genäht wurde. Ob wir finden, dieses Bild sei Kunst. Ob wir es brutal finden. Sie nehmen ein Buch und zeigen uns die gleiche Fotografie in diesem

Buch. Wir sehen uns das Bild im Buch an, dann an der Wand. Dann verabschieden wir uns. Wir umarmen uns. Er sagt, es habe ihn gefreut nach so langer Zeit. Unsere Augen, seine und meine, unbeabsichtigt. Ein Moment, in dem wir beide daran denken, was damals geschehen ist, und es einander ansehen. Ich möchte etwas sagen, aber ich sage nichts.

»Ihr nehmt den schmalen Weg links, es ist etwas dunkel dort«, sagt sie zu uns, »und dann immer die Treppen hinunter.«

»Wir werden uns nicht verlaufen«, sage ich.

»Sonst kommt ihr zurück«, sagt sie.

»Ja, sonst kommen wir zurück«, sage ich. Wir verlaufen uns nicht. Im grellen Bahnsteiglicht warten wir auf den Zug.

*

Wellen bäumen sich auf, stürzen hinab auf den Sand, gleiten zurück und bäumen sich wieder auf, als sei es die immer gleiche Welle, die stürzt und zurückgleitet, sich wieder aufbäumt und immer so fort. Die zarte Linie der Schaumkronen.

Drei Jungen kommen von den Felsen her angerannt. Sie haben einen roten Fußball dabei. Sie ziehen ihre Schuhe aus, die Socken. Rennen barfuß durch den Sand. Füße wie aus Marzipan. Kinderfüße. Die Hosen eines Jungen sind zu lang, und er stolpert auf den Säumen hinter dem Fußball her. Eine junge Frau schlendert einem Paar entgegen, das im Sand sitzt. Sie trägt einen ausgebeulten Anorak, die Hände in den Taschen vergraben. Der Wind zerzaust ihr Haar. Als der Mann sie sieht, steht er auf. Er geht auf sie zu, ungelenk, weil der Sand seine Schritte hemmt. Sie bleibt stehen und wartet. Er umarmt sie, als er sie erreicht, und trägt sie ein Stück weit auf seinen Armen. Sie lächelt kaum merklich dabei. Die andere Frau sitzt da und sieht zu.

Ich lehne an der warmen Mauer. Ich sehe das Meer, den Himmel und die Menschen davor. Ich sehe in ein Bild hinein. Die drei Jungen, das Paar, die junge Frau und ich. Niemand von uns gehört hierher, wir sind fremd am Meer.

*

Wenn ich müde am Fenster stehe und friere. Wenn ich im Winter durch die ruhig gewordene Stadt nach Hause gehe, einen Schritt vor den anderen setzend im fahlen Licht der Nacht. Unendlich lang aufgereiht hängen die Lampen bis ans Ende der Straße. Und dann ist sein Name plötzlich wieder da.

Es ist nicht so, dass ich an ihn gedacht hätte. Sein Name ist nur das Gespenst, das immer mal wieder erscheint. Etwas spricht aus mir, das nicht versteht, dass es uns nicht mehr gibt. So wie damals, als es uns noch gab und es ein anderer Name war, der immer wiederkam, wenn ich müde am Fenster stand und fror. Von dort her, wo einmal ein anderer gewesen war.

Namen, die genannt sein wollen. Ausgesprochen von mir, für so lange, vielleicht für immer. Mein Immer.

Die Namen, sie bleiben, wenn alles andere schon gegangen ist.

Und so stehe ich am Fenster und sage einen Namen, wo niemand mehr ist. Diesen oder auch einen anderen.

*

Licht scheint durch die Blätter der Schwertlilien, die im Wind auf und nieder schwanken. Sie glühen vor der im Schatten liegenden Gartenmauer. Aus einem Kamin auf den gegenüberliegenden Dächern steigt Rauch auf. Im Rauch ist es auch, leuchtend hell, das Licht.

Niemand ist im Haus, nur ich und der Kater, der im Sessel schläft.

Bald kommt die Dämmerung, und später vielleicht er. Unsere Stimmen im Dunkeln, die sprechen und nach Worten suchen. Unsere zwei Stimmen, die für eine Weile da sind. Und dann nichts mehr. Die sich getrennt haben werden für die Nacht, den Schlaf. Die Stille, die auf der leeren Straße vor dem Haus sein wird. Nur einmal das Geräusch von einem, der vorübergeht und verschwindet. Wie ruhig es sein wird in meinem Bett in der Dunkelheit.

*

Mit dem abgenutzten Seesack über der Schulter stehe ich in dem alten weißen Sackbahnhof auf dem Perron vor einem jungen Mann. Spatzen tschilpen zwischen den Geleisen. Ich habe ihn nicht erkannt. Es ist sein

Neffe. Er ist groß geworden. Ich frage mich, wie er es geschafft hat, mich zu erkennen.

Wir sprechen nicht darüber, weshalb ich hergekommen bin. Es ist zu früh dafür.

Im Auto frage ich ihn, ob er Musik machen kann. Er drückt den Knopf an der Anlage.

Ich lächle, und er lächelt zurück. Als er noch ein Kind war, haben wir zusammen im Wohnzimmer Fußball gespielt. Er wird es nicht mehr wissen.

»Hast du Zigaretten?« Er nickt, zieht mit einer Hand ein Päckchen aus dem Seitenfach, gibt mir ein Feuerzeug und drückt den Knopf fürs Fenster, das sich einen Spaltbreit öffnet.

»Möchtest du auch eine?«

»Nein danke, ich rauche nicht«, sagt er.

Später sitze ich in seinem Zimmer vor einem Glaskasten mit farbigen Fröschen.

»Sie sind giftig.«

Er lacht. »Sie wissen es nicht.« Er zeigt auf die Tür, hinter der die Familie beim Kaffee sitzt.

»Und dir macht es nichts aus?«

»Das Gift entwickelt sich nur, wenn man ihnen bestimmte Sachen füttert.« Er schaut ganz ernst.

»Wie geht es ihm?«

Er schweigt, sucht nach Worten.

»Wir wissen es nicht. Wir wissen noch nichts und …«

»Und?«

»Man muss abwarten, sagen sie. Es hätte übrigens viel früher passieren können.«

Ja.

*

Als wir aus der Stadt hinaus aufs Land kommen, gibt er noch mehr Gas, duckt sich noch tiefer. Manchmal wird es kalt, dann wieder warm. Gerüche steigen aus den Feldern auf. Um uns ist dröhnende Nacht, wir schießen durch diesen schwarzen Raum wie durchs Weltall. Der Wind reißt an uns, und ich habe Angst. Ich fühle die Hitze des Motorrads durch meine Turnschuhe hindurch. Die Sohle schmilzt, es wird eine kleine Delle geben, aber das weiß ich in dem Moment noch nicht. Im Licht des Scheinwerfers die weißen Striche der Straße, die sich zu einer Linie verbinden. Wenn, muss ich denken, wenn, dann ist alles vorbei. Und gleich danach eine wilde Lust, es geschähe tatsächlich. Die Maschine, die über den Asphalt schlingert, unsere Körper, weggeschleudert, die im Straßengraben liegen bleiben. Der Lärm, der endlich aufhört, die Stille, die folgt. Das lautlose Drehen eines Rads. Alles ist so deutlich, obwohl es nicht geschehen ist. Als wären wir in Wahrheit für immer auf dieser Straße in der Nacht zurückgeblieben. Als hätten wir damals schon aufgehört zu sein.

*

Wir sitzen immer noch auf dem Teppich vor dem Glaskasten mit den Fröschen.

»Ich studiere Medizin.« Er sagt es, um überhaupt etwas zu sagen, denke ich.

Ich stehe auf.

»Du …« Er stockt, bricht ab, steht ebenfalls auf.

»Ja?«

Er dreht sich zur Tür. »Ach, nichts.«

Ich mag nicht nachfragen, was er wissen möchte.

*

Er liegt auf der Intensivstation, und wir sitzen in einem Restaurant unter Bäumen im Schatten und essen. Als wir uns begrüßt haben, sagt sie »Eine Kuss, bitte« und lacht. Sie erzählt zuerst. Sie ist inzwischen verheiratet, sie hat Kinder und Karriere als Physikerin gemacht. Die Arbeit gefällt ihr noch immer. Der Mann sei viel weg, auf Reisen. »Und du?«, fragt sie. Ich erzähle dies und das. Wir hören uns gegenseitig zu, zurückgelehnt auf unseren Stühlen, entspannt, als hätten wir seit damals, bis jetzt in diesem Moment, wo wir hier zusammensitzen, das Leben einer anderen gelebt, einer, die uns egal ist. Ich finde es angenehm, so unbeteiligt von mir selbst zu sprechen, und ich bin froh, spricht sie auch so über sich.

Sie setzt mich an der Tür seiner Wohnung ab. Sie zögert, fragt, ob sie schnell mit hineinkommen dürfe. Sie sei schon so lange nicht mehr bei ihm gewesen. Ja, warum nicht, antworte ich. Ich kenne die Wohnung nicht. Die Familie hat entschieden, dass ich hier übernachte. Das letzte Mal, als ich ihn besuchte, waren wir woanders, da war diese Wohnung die seines Vaters gewesen, der noch lebte.

Ich schließe auf, mehrere Schlösser auch hier, das hallende Geräusch im Hausflur, als sie sich öffnen. Ich mache Licht. Schwere Vorhänge vor den Fenstern, Regale voller Bücher, Koffer, zerfressene Holzfiguren, gestapelte Bilder, Kleider verstreut auf dem Boden, in einer Ecke lehnt ein abgebrochenes Ruder, eine riesige Schraube, oder vielleicht ist es ein Stück von einem Propeller. Neben einem Tisch eine Staffelei, darauf die Skizze eines Gesichts. Motorradhelme auf dem Tisch, ein halb ausgerollter Schlafsack auf einem Sofa daneben. Wir sehen uns an.

»Es ist wie damals. Eine andere Wohnung, und es ist wie damals. All die alten Sachen, es riecht sogar wie damals«, sagt sie und geht an mir vorbei. Ich sehe die vertrockneten Pflanzen auf dem Balkon, die aus dem Innern der Wohnung angestrahlt werden. Sie ist vor einem Bild stehen geblieben. Eine monochrome, ungerahmte Leinwand, in der Mitte ein Schlitz wie von einem Messer.

»Meinst du, der ist echt?«, fragt sie mich.

»Kann sein. Sein Vater sammelte Kunst.« Sie schaut immer noch das Bild an und meint dann: »Es ist viel zu modern im Vergleich zu all dem anderen.«

»Auf eine Art ist es kaputt. Vielleicht deshalb.«

Sie dreht sich um und sieht mich an.

»Wie meinst du das?«

»Weil … ach, egal. Sollen wir etwas trinken?« Oben auf einem Regal stehen Flaschen. Sie nickt.

Nebeneinander sitzen wir mit den Gläsern in der Hand draußen auf der Balkonbrüstung. Wir sehen hinab auf die Lichter der Stadt, die vor uns ausgebreitet daliegt. Es ist schön. Die Mauer ist noch warm vom Tag.

»Was ist eigentlich mit seinem Haus?«, frage ich.

»Welches meinst du?«

»Ich dachte, er hat nur eins, das ihm allein gehört.«

»Ach so, das. Er musste es verkaufen. Es wurde dort eine Autobahn gebaut. Es gab sogar einen Prozess deshalb. Am Ende hat er recht viel Geld bekommen, aber er war trotzdem wütend. Ich glaub, es ist besser, es nicht anzusprechen, wenn du ihn siehst.«

»Ist der Pool jemals fertig geworden?«, frage ich.

Sie lacht. »Mehr oder weniger. Außer ihm wollte ihn nie jemand benutzen. Irgendetwas funktionierte nicht richtig, und nach kurzer Zeit war alles mit grünen Algen überzogen.«

Später liege ich in seinem Bett. Die Laken sind aus einem synthetischen Stoff, ich schwitze, und es stört mich. Keine Ahnung, ob seine Laken immer so waren. An der Wand vor dem Bett der Schatten einer Pinie. Ich kann nicht einschlafen.

*

Mit einem Scheppern fällt das Garagentor zu. Er setzt sich auf die Maschine, auf den schwarzen Zyklopen. Sein nackter Fuß im Schuh, der das Gaspedal bearbeitet, damit der Motor endlich anspringt. Ich steige auf die Maschine, lege meine Arme um ihn. Die Luft ist warm, bald wird es Sommer sein. Der gestreifte Kater, der oben auf der Mauer sitzt und uns beobachtet. Meine roten Turnschuhe. Wärme der Haut durch dünne Kleider.

Wir fahren ohne Helm. Wir fahren in die Stadt, wir fahren in den Sommer, in den Abend und zum Brunnen, der in jenem Jahr kaputtgegangen ist. In weitem Bogen speit er Wasser über den Platz. Wir fahren im Kreis um ihn herum. Das ist unser Fest. Wir lachen in der Sonne, die für uns wieder einmal untergeht. Ich lebe das Leben dieser Fremden, die ich in diesem Augenblick bin. Ein Wasserstrahl trifft uns. Wir sind schwerelos und treiben durch die Stadt. Wir sind die Stadt, jede Nacht. Wir sind jung.

Eines Nachts steht um vier Uhr morgens plötzlich dieser alte Kleiderschrank vor uns. Seine Türen öffnen sich. Zuerst erscheint die Sonne, dann der Mond, und am Ende schlagen die Türen wieder zu.

*

Mit seiner Mutter fahre ich zum Krankenhaus. Wir kennen uns kaum. Sie ist eine elegante, kleine Frau mit blondierten Haaren und rot geschminkten Lippen und fährt wie ein Henker. Ich versuche während der Fahrt nicht auf die Straße zu schauen. Einmal in meinen Augenwinkeln eine Frau, die zur Seite springt, aber die Mutter achtet nicht auf sie, unterbricht ihren Redeschwall nicht einmal. Wir fahren mitten auf eine Kreuzung, um einen dieser riesigen Plätze der Stadt zu überqueren, und um uns herum beginnt ein Hupkonzert. Sie spricht plötzlich von ihm, von seinem Charakter. Sie schaut noch weniger auf die Straße und immer mehr zu mir. Sie verstehe ihn nicht, sagt sie. Er sei im Grunde ein netter Mensch, charmant, und dann trete plötzlich dieses Monster aus ihm heraus, ja, ein Monster. Was ich dazu meine? Ich achte auf meine Worte, muss mich sehr konzentrieren, um keine Gruben damit zu graben, in die er später fallen könnte, oder jemand anders. Als ich aufhöre zu reden, fragt sie: »Und du? Was willst du von ihm? Warum bist du hier?« Die Frage verschlägt mir die Sprache, und ich weiß keine Antwort.

»Man kann nur einzeln zu ihm, sie werden uns sicher aufrufen. Geh du zuerst«, sagt sie zu mir. Wir setzen uns auf zwei freie Stühle nebeneinander. Jetzt spricht die Mutter nicht mehr mit mir, sie sieht plötzlich zusammengesunken aus, als habe sie ohne ihr Auto alle Energie verlassen. Sie blickt traurig auf einen Punkt an der weißen Wand gegenüber.

Vor einigen Tagen habe ich ihn nach langer Zeit wieder angerufen, einfach so, ohne Grund. Wir hatten nie wirklich einen Grund, ich glaube, auch früher nicht. Seine Stimme am anderen Ende der Leitung. Wie es ihm gehe, frage ich. Was er dann sagt, habe ich nicht erwartet. Er liege auf der Intensivstation, sagt er. In seinem Kopf sei da plötzlich dieser Blitz gewesen, eines Morgens in der Küche. Und dann nur noch Dunkelheit. »Soll ich kommen?« Etwas spricht sehr schnell aus mir, schneller als ich. Als wollte es mich überholen. Er sagt Ja. In dem Moment denke ich, ich will gar nicht zu ihm, aber jetzt muss ich.

Ich kaufe ein Zugticket, sage alles ab. Packe den alten Leinensack und mache mich auf den Weg, diesen alten Weg.

Eine Pflegerin führt mich den Gang entlang zu einer verschlossenen Tür und geht weg. Ich zögere, dann klopfe ich. Es antwortet niemand, aber ich trete trotzdem ein. Da liegt er vor mir in einem Bett mit hochgestelltem Kopfteil. Apparate piepsen. Über den verklebten Haaren trägt er ein Haarnetz, darunter keinen Verband. Sein Kopf liegt schräg verrutscht auf dem Kissen. Die Augen hat er geschlossen, als schlafe er. Aus einem Mundwinkel hängt ein Stück seiner Zunge über die Lippen. Vielleicht ist er gar nicht bei Bewusstsein, vielleicht hat er bleibende Schäden davongetragen. Ich trete vorsichtig näher, setze mich auf den Stuhl neben dem Bett, warte. Da schlägt er plötzlich die Augen auf und lacht mich an. »Hast du es geglaubt?«, fragt er. »Stronzo«, sage ich zu ihm. Er lächelt breit, streckt die Hand nach meiner aus.

*

Es wird Winter. Ein gewundener Weg vor uns bis zum Horizont, über den die Sonne herabsinkt, als falle sie. Schnee liegt hingestäubt auf allem. Kahle Weiden da und dort am Ufer eines Bachs und Plätschern auf den Steinen, über die das Wasser fließt.

Wir kommen aus der Stadt, aus den Häusern, von den Menschen. Wir, die zwei Wanderer im kargen Land. Jetzt sind wir allein. Ein Rabe flattert aus einem Feld auf, und ein anderer krächzt dazu.

Wir gehen nebeneinander durch die Kälte, der Sonne entgegen. Schnee unter unseren Schuhen.

Ich vergesse immer mehr von dem, was einmal war. Es gibt noch Orte, Formen, aber ich kann nicht mehr dorthin zurück. Der Schmerz, die Freude, sie sind aus ihnen verschwunden. Aber ich kann jetzt schlafen. Ich liege unter dicken Decken in der Dunkelheit und in der Stille. Winterluft, die hereinströmt. Kühle, die ich atme. Frieden. Das Geräusch eines Autos von weit her, es kommt näher, es ist da, es fährt vorbei, und dann ist es fort. Die Stille, die von Neuem beginnt.

Ich stelle mir vor, es schneit. Mehlstaub, so feine Flocken. Vögel, die im Schnee fliegen. Bäume, die dastehen, und es schneit. An einem lichtlosen Tag.

Hoch oben im Wald von einem Felsen aus sah ich aufs Meer, in der Tiefe weit und blau ausgebreitet. Die Konturen der Wellen auf dem Wasser. Der Geruch des warmen Waldbodens und eine Ameise, die eine Piniennadel davontrug. Büsche mit unbekannten Blüten. Vorher die kleine Kirche ohne Dach im Wald. Wir gingen hinein. Über den Mauern die Kronen der Bäume, klaffende Löcher, wo einmal Fenster waren, und dahinter das Grün. Wir standen da und schauten. Es konnte so viel bedeuten, aber es bedeutete in dem Moment nichts. Wir waren einfach da und schauten.

Er nimmt meine Hand.

»Frierst du?«, fragt er.

»Nein, noch nicht.«

Wir gehen weiter. Bald wird es Nacht sein, es wird dunkel werden. Vielleicht werden wir den Mond sehen, die Sterne. Vielleicht einen Fuchs, das Leuchten seiner Augen. Es ist immer anders, und es ist immer gleich. Wir wissen immer mehr von der Sehnsucht und von der Einsamkeit, und wir wissen immer weniger davon. Das Wort »Güte« kommt mir in den Sinn und das Lied, in dem einer singt, er bete zu viel.

Die Sonne ist untergegangen. Das letzte Licht verschwindet langsam. Das Geräusch unserer Schritte im Schnee wird lauter. Es wird nicht ganz dunkel werden, hoffe ich, und vielleicht werden wir auch noch etwas sehen, wenn es Nacht ist.

*

Das Haus meiner Großmutter. Es ist nichts Besonderes. Weiß wie viele Häuser, klein und quadratisch, mit grünen Fensterläden. Auf der Rückseite eine Veranda und der Garten. Innen die Küche, ein Wohnzimmer, das Bad, ein winziges Esszimmer, zwei Schlafzimmer, ein Keller und der Dachboden, in dem im Sommer die Wespen ihre Nester an die Balken hängen.

Der Garten, nicht sehr groß. Meine Großmutter, die morgens im grünen Frottee-Morgenmantel mit ihrer grünen Gießkanne darin umherging und die Blumen goss. Sie beugte sich über den Schnittlauch, von dem sie drei Stängel für das Rührei abzupfte, das sie für uns beide machen würde.

In der Mitte des Gartens ein Apfelbaum, darunter eine Wiese mit Gänseblümchen. Am Zaun die Beerensträucher, schwarze und rote Johannisbeeren, aus denen sie Gelee kochte, das im Keller in den Gläsern verstaubte. Auf der linken Seite in den Beeten zwei Stachelbeersträucher. Rechts von der Veranda wächst eine Zypresse. Sie ist dunkel, ihr Grün fast schwarz, sie ist mächtig und viel zu groß für diesen Garten, genauso wie der Apfelbaum. Die Zypresse überragt das Haus. Wenn ich die Augen zusammenkneife und nur sie anschaue, habe ich das Gefühl, irgendwo im Süden zu sein.

An einer Stelle kann man ihre Zweige auseinanderbiegen und in sie hineinschlüpfen.

Ich spielte als Kind in der Zypresse. Es roch nach Nadeln, süß und herb zugleich, anders als die Tannen im Wald. Der Boden im Innern war mit einer dicken Schicht brauner Nadeln bedeckt, die über die Jahre abgefallen waren und einen federnden Teppich bildeten. Es war trocken in diesem kleinen Raum, der Regen erreichte hier den Boden nicht. Durch die oberen Zweige drang schräg etwas Licht, und da und dort hing ein altes Vogelnest.

Eines Tages ist die Zypresse wieder in mir aufgetaucht. Sie ist seither in meinen Gedanken, und wenn ich abends wach im Bett liege und nicht einschlafen kann, stelle ich mir vor, ich biege ihre Zweige auseinander und steige wieder in sie hinein.

*

Es ist noch einmal passiert. Sein Neffe ruft an.

»Er erkennt niemanden mehr«, sagt er. Sie glaubt es nicht, glaubt nicht, dass sie aus ihm verschwunden sein kann.

Er sitzt am Tisch beim Fenster. Die Sonne scheint auf sein Haar, das grau geworden ist, und wirft Schatten in sein Gesicht. Er raucht. Sie nimmt einen Stuhl, setzt sich neben ihn. Er sieht sie an, aber er erkennt sie nicht. Sie sagt es trotzdem, spricht hinein in den Rauch. Die Worte ergeben keinen Sinn für ihn.

Auf dem Tisch liegen Stifte, ein Notizblock. Er beginnt zu zeichnen, er zeichnet, Kinderkritzeln, Häuser, Sonne, Straßen und am Ende Kreise, wütende Kreise auf das Papier. Er zeichnet, raucht, malt, bis alles verschwunden, nichts mehr zu erkennen, bis alles schwarz geworden ist.

An der Tür dreht sie sich noch einmal um, aber er hat diese Frau, die ihn besuchte, längst vergessen. Er sieht aus dem Fenster, hinaus in den Garten.

FIN

Übersetzung der fremdsprachigen Textpartien

S. 7

»Es gibt nichts Wahres im Realen, nichts.«

S. 49

»Schaut euch mal den Himmel an, all die Sterne.«
»Es ist so schön«
»Kommt, essen wir den Kuchen«

S. 56ff

»Wissen Sie, wer ich bin? Ich bin der letzte Prophet.«
»Bis jetzt weiß es noch niemand, also sagen Sie bitte nichts.«
»Okay.«
»Glauben Sie an Gott?«
»Ja, ich glaube.«
»Ich werde mit ihm sprechen. Ich werde ihm von Ihnen erzählen.«
»Sie sprechen mit Gott?«
»Ja. Er spricht immer in dieses Ohr hinein«
»Ich werde ihm sagen, dass er Ihnen im Paradies einen guten Empfang bereiten soll.«
»Das können Sie tun?«
»Ja, das kann ich.«
»Wann spricht er denn in Ihr Ohr?«
»Wie möchten Sie es denn gern, Ihr Paradies?«
»Wenn ich dann tot bin, meinen Sie?«
»Ja. Was gefällt Ihnen?«
»Musik, wäre das möglich?«
»Ich werde für Sie einen Empfang mit viel Musik vorbereiten.«
»Danke.«

»Leben Sie hier?«
»Ich habe ein großes Problem. Ich brauche eine Frau. Jetzt gleich.«
»Ist das schwierig hier?«
»Sehr schwierig.«
»Das tut mir leid.«
»Geben Sie mir Ihre Adresse? Ich werde Ihnen schreiben. Das ist einfacher. Alles schreiben.«
»Er ist krank.«

S. 74f
»Ist hier frei?«
»Woher kommst du?«

S. 77
»Was machst du denn hier?«

S. 111
»Guten Tag.«
»Auf Wiedersehen, danke.«
»Wie viel kostet das?«
»Es riecht gut hier. Was ist das?«
»Sind Sie Anne Valère?«
»Nein«
»Oh, gar nicht?«
»Nein.«

S. 112f
»Wir werden uns nie wiedersehen. Wir können uns alles sagen«
»Ich liebe das geheime Leben.«

S. 134
»Arschloch«

Meinen herzlichsten Dank an Zeno und Marann, Burgi, Jan, Claudia, Renata, die ganze Familie Binet, Peter Liatowitsch, Angela und Christof, Marion, Raimund, Patrizia, Barbara, Noëlle und Brami, Fabienne, Doris und Jean-Claude, Roger, Christoph, Nina und das Palliativteam des Claraspitals, und an alle, die mir in der schweren Zeit meiner Krankheit beigestanden haben.

Ein besonderer Dank an meine Verlegerin Daniela Koch für das inspirierende Lektorat und dafür, dass sie an dieses Buch geglaubt hat.

Foto: Yves Binet

MONIKA NEUN, 1967 in Basel geboren, lebte nach dem Abitur längere Zeit in Rom und Paris, studierte Literatur, Sprachen, Theater- und Kommunikationswissenschaften und schrieb aus Paris für die *Neue Zürcher Zeitung* über Film. Zwischen 1999 und 2011 inszenierte sie regelmäßig an den großen Theaterhäusern der Schweiz und gründete parallel den raum33 in Basel, einen Spielort der freien Szene. Mit *Und dann verschwinden* liegt ihr Romandebüt vor, das, über viele Jahre gereift, nun auch zum Vermächtnis wird: Im Juli 2022 erlag Monika Neun in Basel einer Krebserkrankung.

Atlantis Literatur

Leta Semadeni *Amur, großer Fluss*

Rebecca Gisler *Vom Onkel*

Martin R. Dean *Ein Stück Himmel*

Max Frisch *Blätter aus dem Brotsack*

Fritz Meyer *Ich unter anderem*

Fabienne Maris *Hitzewelle*

Ursula Fricker *Gesund genug*

Cesare Pavese, Bianca Garufi *Großes Feuer*

Leta Semadeni *Ich bin doch auch ein Tier*

Blaise Cendrars *Gold*

Monika Neun *Und dann verschwinden*

Marie-Hélène Lafon *Joseph*

Hansjörg Schertenleib *Im Schilf*

Martin R. Dean *Meine Väter*

Angelika Waldis *Berghau*

Cécile Ines Loos *Hinter dem Mond*